VICTOR HUGO PAR THÉOPHILE GAUTIER

EUGÈNE FASQUELLE, éditeur, 11, rue de Grenelle

ŒUVRES COMPLÈTES DE THÉOPHILE GAUTIER
PUBLIÉES DANS LA BIBLIOTHÈQUE-CHARPENTIER
à 3 fr. 50 le volume.

Poésies complètes (1830-1872). . . . . 2 vol.
Emaux et Camées. Edition définitive, ornée d'un Portrait à
l'eau-forte, par *J. Jacquemart* . . . . 1 vol.
Mademoiselle de Maupin . . . . 1 vol.
Le Capitaine Fracasse . . . . 2 vol.
Le Roman de la Momie. Nouvelle édition . . . . 1 vol.
Spirite, nouvelle fantastique . . . . 1 vol.
Voyage en Italie. Nouvelle édition . . . . 1 vol.
Voyage en Espagne (Tra los montes). . . . . 1 vol.
Voyage en Russie Nouvelle édition . . . . 1 vol.
Romans et Contes (Avatar. — Jettatura, etc.). . . . . . 1 vol.
Nouvelles (La morte amoureuse. — Fortunio, etc.). . . . . 1 vol.
Tableaux de Siége. — Paris (1870-1871). . . . . 1 vol.
Théâtre. — Mystère, Comédies et Ballets. . . . . 1 vol.
Les Jeunes-France suivis de Contes humoristiques. . . 1 vol.
Histoire du Romantisme, suivie de Notices roman-
tiques et d'une Etude sur les Progrès de la Poésie fran-
çaise (1830-1868) . . . . 1 vol.
Portraits contemporains (littérateurs, peintres, sculpteurs,
artistes dramatiques), avec un portrait de Th. Gautier, d'après
une gravure à l'eau-forte, par lui-même, vers 1833 . . . . . 1 vol.
L'Orient. . . . . 2 vol.
Fusains et Eaux-fortes . . . . 1 vol.
Tableaux à la plume . . . . 1 vol.
Les Vacances du Lundi. . . . . 1 vol.
Constantinople (Nouvelle édition). . . . . 1 vol.
Loin de Paris. . . . . 1 vol.
Les Grotesques (Nouvelle édition). . . . . 1 vol.
Portraits et Souvenirs littéraires. . . . . 1 vol.
Le Guide de l'amateur au Musée du Louvre. . . . . . 1 vol.
Souvenirs de théâtre, d'art et de critique . . . . . . 1 vol.
Caprices et zigzags . . . . 1 vol.
Un trio de romans (Les Roués innocents. — Militona. —
Jean et Jeannette). . . . . 1 vol.
Partie carrée. . . . . 1 vol.
La Nature chez elle. — Ménagerie intime . . . . . . 1 vol.
Entretiens, souvenirs et correspondance, recueillis par
Emile Bergerat . . . . 1 vol.

Mademoiselle de Maupin, 2 vol. in-32. . . . . 8 fr.
Fortunio. 1 vol. in-32. . . . . 4 fr.
Les Jeunes-France. 1 vol. in-32 . . . . 4 fr.
Mademoiselle Dafné. 1 vol. in-32 . . . . 4 fr.
Le Capitaine Fracasse. — Un magnifique volume gr. in-8°,
illustré de 60 dessins par *Gustave Doré*, gravés sur bois par
les premiers artistes.
Prix, broché . . . . 15 fr.
Relié demi-chagrin, tranches dorées . . . . 20 fr.
— tête dorée, coins, tranches ébarbées. 22 fr.

Paris. — L. MARETHEUX, imprimeur, 1, rue Cassette. — 777.

VICTOR HUGO

PAR

THÉOPHILE GAUTIER

PARIS

BIBLIOTHÈQUE-CHARPENTIER

EUGÈNE FASQUELLE, ÉDITEUR

11, RUE DE GRENELLE, 11

1902

VICTOR HUGO

PAR

THÉOPHILE GAUTIER

> « Si j'avais le malheur de croire
> qu'un vers de Victor Hugo n'est pas
> beau, je n'oserais pas me l'avouer
> à moi-même, tout seul, dans une
> cave, sans chandelle. »
>
> THÉOPHILE GAUTIER.

I

1830

1830 !... Les générations actuelles doivent se figurer difficilement l'effervescence des esprits à cette époque ; il s'opérait un mouvement pareil à celui de la Renaissance. Une sève de vie nouvelle circulait impétueusement. Tout germait, tout bourgeonnait, tout éclatait à la fois. Des parfums vertigineux se dégageaient des fleurs ; l'air grisait, on était fou de lyrisme et d'art. Il semblait qu'on vînt de retrouver le grand

secret perdu, et cela était vrai, on avait retrouvé la poésie.

On ne saurait imaginer à quel degré d'insi-
gnifiance et de pâleur en était arrivée la littérature. La peinture ne valait guère mieux. Les
derniers élèves de David étalaient leur coloris
fade sur les vieux poncifs gréco-romains. Les
classiques trouvaient cela parfaitement beau ;
mais devant ces chefs-d'œuvre, leur admiration
ne pouvait s'empêcher de mettre la main devant
la bouche pour masquer un bâillement, ce
qui ne les rendait pas plus indulgents pour les
artistes de la jeune école, qu'ils appelaient des
sauvages tatoués et qu'ils accusaient de peindre
avec « un balai ivre ». On ne laissait pas tomber
leurs insultes à terre ; on leur renvoyait *momies*
pour *sauvages*, et de part et d'autre on se mé-
prisait parfaitement.

En ce temps-là, notre vocation littéraire
n'était pas encore décidée ; notre intention était
d'être peintre, et, dans cette idée, nous étions
entré à l'atelier de Rioult.

On lisait beaucoup alors dans les ateliers. Les
rapins aimaient les lettres, et leur éducation
spéciale, les mettant en rapport familier avec la
nature, les rendait plus propres à sentir les
images et les couleurs de la poésie nouvelle. Ils

ne répugnaient nullement aux détails précis et
pittoresques si désagréables aux classiques. Habitués à leur libre langage entremêlé de termes
techniques, le mot propre n'avait pour eux rien
de choquant. Nous parlons des jeunes rapins,
car il y avait aussi les élèves bien sages, fidèles
au dictionnaire de Chompré et au tendon
d'Achille, estimés du professeur et cités par lui
pour exemple. Mais ils ne jouissaient d'aucune
popularité, et l'on regardait avec pitié leur sobre
palette où ne brillait ni vert véronèse, ni jaune
indien, ni laque de Smyrne, ni aucune des couleurs séditieuses proscrites par l'Institut.

Chateaubriand peut être considéré comme
l'aïeul, ou, si vous l'aimez mieux, comme le
Sachem du Romantisme en France. Dans le
Génie du Christianisme il restaura la cathédrale
gothique ; dans les *Natchez*, il rouvrit la grande
nature fermée ; dans *René*, il inventa la mélancolie et la passion moderne. Par malheur, à cet
esprit si poétique manquaient précisément les
deux ailes de la poésie — le vers — ces ailes,
Victor Hugo les avait, et d'une envergure immense, allant d'un bout à l'autre du ciel lyrique,
Il montait, il planait, il décrivait des cercles, il
se jouait avec une liberté et une puissance qui
rappelaient le vol de l'aigle.

Quel temps merveilleux! Walter Scott était
alors dans toute sa fleur de succès; on s'initiait
aux mystères du *Faust* de Gœthe, qui contient
tout, selon l'expression de Mme de Staël, et même
quelque chose d'un peu plus que tout. On découvrait Shakespeare sous la traduction un peu
raccommodée de Letourneur, et les poèmes de
lord Byron, *le Corsaire, Lara, le Giaour, Manfred,
Beppo, Don Juan*, nous arrivaient de l'Orient,
qui n'était pas banal encore. Comme tout cela
était jeune, nouveau, étrangement coloré d'eni-
vrante et forte saveur! La tête nous en tournait;
il semblait qu'on entrât dans des mondes inconnus. A chaque page on rencontrait des sujets
de composition qu'on se hâtait de crayonner ou
d'esquisser furtivement, car de tels motifs
n'eussent pas été du goût du maître et auraient
pu, découverts, nous valoir un bon coup d'appui-
main sur la tête.

C'était dans ces dispositions d'esprit que nous
dessinions notre académie, tout en récitant à
notre voisin de chevalet le *Pas d'armes du roi
Jean* ou la *Chasse du Burgrave*. Sans être encore
affilié à la bande romantique, nous lui apparte-
nions par le cœur! La préface de *Cromwell*
rayonnait à nos yeux comme les Tables de la Loi
sur le Sinaï, et ses arguments nous semblaient

sans réplique. Les injures des petits journaux classiques contre le jeune maître, que nous regardions dès lors et avec raison comme le plus grand poète de France, nous mettaient en des colères féroces. Aussi brûlions-nous d'aller combattre l'hydre du *perruquinisme*, comme les peintres allemands qu'on voit montés sur Pégase, Cornélius en tête, à l'instar des quatre fils Aymon dans la fresque de Kaulbach, à la Pinacothèque nouvelle de Munich. Seulement une monture moins classique nous eût convenu davantage, l'hippogriffe de l'Arioste, par exemple.

Hernani se répétait, et, au tumulte qui se faisait déjà autour de la pièce, on pouvait prévoir que l'affaire serait chaude. Assister à cette bataille, combattre obscurément dans un coin pour la bonne cause était notre vœu le plus cher, notre ambition la plus haute ; mais la salle appartenait, disait-on, à l'auteur, au moins pour les premières représentations, et l'idée de lui demander un billet, nous, rapin inconnu, nous semblait d'une audace inexécutable...

Heureusement, Gérard de Nerval, avec qui nous avions eu au collège Charlemagne une de ces amitiés d'enfance que la mort seul dénoue, vint nous faire une de ces rapides visites inattendues dont il avait l'habitude et où, comme

1.

une hirondelle familière entrant par la fenêtre
ouverte, il voltigeait autour de la chambre en
poussant de petits cris, et ressortait bientôt, car
cette nature légère, ailée, que des souffles semblaient soulever comme Euphorion, le fils
d'Hélène et de Faust, souffrait visiblement à
rester en place, et le mieux pour causer avec lui,
c'était de l'accompagner dans la rue. Gérard, à
cette époque, était déjà un assez grand personnage. La célébrité l'était venue chercher sur les
bancs du collège. A dix-sept ans, il avait eu un
volume de vers imprimé, et, en lisant la traduction de *Faust* par ce jeune homme presque enfant encore, l'olympien de Weimar avait daigné
dire qu'il ne s'était jamais si bien compris. Il
connaissait Victor Hugo, était reçu dans la maison, et jouissait bien justement de toute la confiance du maître, car jamais nature ne fut plus
délicate, plus dévouée et plus loyale.

Gérard était chargé de recruter des jeunes
gens pour cette soirée qui menaçait d'être si
orageuse et soulevait d'avance tant d'animo-
sités. N'était-il pas tout simple d'opposer la jeunesse à la décrépitude, les crinières aux crânes
chauves, l'enthousiasme à la routine, l'avenir
au passé?

Il avait dans ses poches, plus encombrées de

livres, de bouquins, de brochures, de carnets à
prendre des notes, car il écrivait en marchant,
que celles du Colline de la *Vie de Bohème*, une
liasse de petits carrés de papier rouge timbrés
d'une griffe mystérieuse inscrivant au coin du
billet le mot espagnol : *hierro*, voulant dire fer.
Cette devise, d'une hauteur castillane bien
appropriée au caractère d'Hernani, et qui eût pu
figurer sur son blason signifiait aussi qu'il fallait
être, dans la lutte, franc, brave et fidèle comme
l'épée.

Nous ne croyons pas avoir éprouvé de joie
plus vive en notre vie que lorsque Gérard, détachant du paquet six carrés de papier rouge,
nous les tendit d'un air solennel, en nous re-
commandant de n'amener que des hommes sûrs.
Nous répondions sur notre tête de ce petit groupe,
de cette escouade dont le commandement nous
était confié.

Parmi nos compagnons d'atelier, il y avait
deux romantiques féroces qui auraient mangé de
l'académicien ; parmi nos condisciples de Charlemagne, deux jeunes poètes qui cultivaient se-
crètement la rime riche, le mot propre et la
métaphore exacte, et ayant grand'peur d'être
déshérités par leurs parents, pour ces méfaits.
Nous les enrôlâmes en exigeant d'eux le serment

de ne faire aucun quartier aux Philistins. Un cousin à nous compléta la petite bande qui se comporta vaillamment, nous n'avons pas besoin de le dire.

Les haines entre classiques et romantiques étaient aussi vives que celles des guelfes et des gibelins, des gluckistes et des piccinistes. Le succès fut éclatant comme un orage, avec sifflements des vents, éclairs, pluie et foudres. Toute une salle soulevée par l'admiration frénétique des uns et la colère opiniâtre des autres !

A dater de là, je fus considéré comme un chaud néophyte, et j'obtins le commandement d'une petite escouade à qui je distribuais des billets rouges. On a dit et imprimé qu'aux batailles d'*Hernani* j'assommais les bourgeois récalcitrants avec mes poings énormes. Ce n'était pas l'envie qui me manquait, mais les poings. J'avais dix-huit ans à peine, j'étais frêle et délicat, et je gantais sept un quart. Je fis, depuis, toutes les grandes campagnes romantiques. Au sortir du théâtre, nous écrivions sur les murailles : « Vive Victor Hugo ! » pour propager sa gloire et ennuyer les *philistins*. Jamais Dieu ne fut adoré avec plus de ferveur qu'Hugo. Nous étions étonnés de le voir marcher avec nous dans la rue comme un simple mortel, et il nous semblait

qu'il n'eût dû sortir par la ville que sur un char
triomphal traîné par un quadrige de chevaux
_ blancs, avec une Victoire ailée suspendant une
couronne d'or au-dessus de sa tête.

II

LE GILET ROUGE

Le gilet rouge! on en parle encore après plus de quarante ans, et l'on en parlera dans les âges futurs, tant cet éclair de couleur est entré profondément dans l'œil du public. Si l'on prononce le nom de Théophile Gautier devant un philistin, n'eût-il jamais lu de nous deux vers ou une seule ligne, il nous connaît au moins par le gilet rouge que nous portions à la première représentation d'*Hernani*, et il dit d'un air satisfait d'être si bien renseigné : « Oh oui! le jeune homme au gilet rouge et aux longs cheveux! » C'est la notion de nous que nous laisserons à l'univers. Nos poésies, nos livres, nos articles, nos voyages seront oubliés; mais l'on se souviendra de notre gilet rouge. Cette étincelle se verra encore lorsque tout ce qui nous concerne sera depuis longtemps éteint dans la nuit, et nous fera distinguer des contemporains dont les œuvres ne valaient pas mieux que les nôtres et qui avaient des gilets de couleur sombre. Il ne nous déplaît pas, d'ailleurs, de laisser de nous cette idée; elle est farouche et hautaine, et, à travers un certain mauvais goût de rapin, montre un assez aimable mépris de l'opinion et du ridicule.

Qui connaît le caractère français conviendra que cette action de se produire dans une salle de spectacle où se trouve rassemblé ce qu'on appelle *tout Paris* avec des cheveux aussi longs que ceux d'Albert Durer et un gilet aussi rouge que la *muleta* d'un *torrero* andalou, exige un autre courage et une autre force d'âme que de monter à l'assaut d'une redoute hérissée de canons vomissant la mort. Car dans chaque guerre une foule de braves exécutent, sans se faire prier, cette facile prouesse, tandis qu'il ne s'est trouvé jusqu'à présent qu'un seul Français capable de mettre sur sa poitrine un morceau d'étoffe d'une nuance si insolite, si agressive, si éclatante. A l'imperturbable dédain avec lequel il affrontait les regards, on devinait que, pour peu qu'on l'eût poussé, il fût revenu à la seconde représentation pavoisé d'un gilet jonquille.

Ce dut être, plutôt encore que l'étrangeté de la couleur, cette folie d'héroïsme qui s'exposait avec un sang-froid si parfait aux railleries des jeunes femmes, aux hochements de tête des vieillards, aux lorgnons dédaigneux des dandys, aux gros rires des bourgeois, qui causa le profond étonnement du public et perpétua cette impression qui eût dû être oubliée après le premier entr'acte.

Après avoir essayé de déchirer ce gilet de Nessus qui s'incrustait à notre peau, nous l'acceptâmes bravement devant l'imagination des bourgeois dont l'œil halluciné ne nous voit jamais habillé d'une autre couleur, malgré les paletots tête-de-nègre, vert bronze, marron, mâchefer, suie-d'usine, fumée-de-Londres, gris de fer, olive pourrie, saumure tournée et autres teintes de bon goût, dans les gammes neutres, comme peut en trouver, à la suite de longues méditations, une civilisation qui n'est pas coloriste.

Il en est de même de nos cheveux. Nous les avons portés courts, mais cela n'a servi à rien : ils passaient toujours pour longs, et eussions-nous arrondi à l'orchestre sous l'artillerie des

lorgnettes, un crâne aux tons d'ivoire nu et lui-
sant comme un œuf d'autruche, toujours on eût
assuré que sur nos épaules roulaient à grands
flots des cascades de cheveux mérovingiennes,
— ce qui était bien ridicule! — Aussi nous avons
donné *carte blanche* à ceux qui nous restent, et
ils en ont profité. — les traîtres — pour nous
conserver un petit air d'Absalon romantique.

Nous avons dit, dès les premières lignes de
cette série de souvenirs, comment nous avions
été recruté par Gérard pour la bande d'Hernani
dans l'atelier de Rioult, et investi du commandement d'une petite escouade répondant au mot
d'ordre *Hierro*. Cette soirée devait être, selon
nous et avec raison, le plus grand événement du
siècle, puisque c'était l'inauguration de la libre,
jeune et nouvelle Pensée sur les débris des
vieilles routines, et nous désirions la solenniser
par quelque toilette d'apparat, quelque costume
bizarre et splendide faisant honneur au maître,
à l'école et à la pièce. Le rapin dominait encore
chez nous le poète, et les intérêts de la couleur
nous préoccupaient fort. Pour nous le monde se
divisait en *flamboyants* et en *grisâtres*, les uns
objet de notre amour, les autres de notre aver-
sion. Nous voulions la vie, la lumière, le mouvement, l'audace de pensée et d'exécution, le

retour aux belles époques de la Renaissance et à
la vraie antiquité, et nous rejetions le coloris
effacé, le dessin maigre et sec, les compositions
pareilles à des groupements de mannequins, que
l'Empire avait légués à la Restauration.

Grisâtre avait aussi des acceptions littéraires
dans notre pensée : Diderot était un flamboyant,
Voltaire un grisâtre, de même que Rubens et
Poussin. Mais nous avions en outre un goût particulier, l'amour du rouge; nous aimions cette
noble couleur, déshonorée maintenant par les
fureurs politiques, qui est la pourpre, le sang,
la vie, la lumière, la chaleur, et qui se marie si
bien à l'or et au marbre, et cela était un vrai
chagrin pour nous de la voir disparaître de la
vie moderne et même de la peinture. Avant 1789,
on pouvait porter un manteau écarlate avec des
galons d'or; et à présent, pour voir quelques
échantillons de cette teinte proscrite, on en était
réduit à regarder la garde suisse relever le poste
ou les habits rouges des fox-hunters des chasses
anglaises aux vitrines des marchands d'estampes.
Hernani n'est-il pas une occasion sublime pour
réintégrer le rouge dans la place qu'il n'aurait
jamais dû cesser d'occuper? et n'est-il pas convenable qu'un jeune rapin à cœur de lion se
fasse le chevalier du Rouge et vienne secouer

le flamboiement de la couleur odieuse aux
grisâtres, sur ce tas de classiques également
ennemis des splendeurs de la poésie ? Ces
bœufs verront du rouge et entendront des vers
d'Hugo.

Nous n'avons pas la prétention de corriger
une légende, mais nous devons cependant dire
que ce gilet était un pourpoint taillé dans la
forme des cuirasses de Milan ou des pourpoints
des Valois busqués en pointe sur le ventre en
formant arête dans le milieu. On a dit que nous
savions beaucoup de mots, mais nous n'en connaissons pas, il faut l'avouer, qui puissent exprimer suffisamment l'air ahuri de notre tailleur
lorsque nous lui exposâmes ce plan de gilet.

Il demeura stupide,

aurait-il pu s'exclamer comme l'Hippolyte de
Pradon en entendant l'aveu de Phèdre ; et les
cahiers d'expression du peintre Lebrun, à la
page de l'ÉTONNEMENT, ne contiennent pas de têtes
aux pupilles plus dilatées, aux sourcils plus
surélevés et chassant les rides du front vers la
racine des cheveux, que celle offerte en ce
moment par l'honnête Gaulois (c'était son nom).
Il nous crut fou, mais le respect l'empêchant de
découvrir sa pensée tout entière pour la famille

duquel il avait de la considération, il se contenta d'objecter d'une voix timide :

— Mais, monsieur, ce n'est pas la mode.

— Eh bien, ce sera la mode quand nous l'aurons porté une fois répondîmes-nous, avec un aplomb digne de Brummel, de Nash, du comte d'Orsay ou de toute autre célébrité du dandysme.

— Je ne connais pas cette coupe; ceci rentre dans le costume de théâtre plutôt que dans l'habit de ville, et je pourrais manquer la pièce.

— Nous vous donnerons un patron en toile grise que nous avons dessiné, coupé et faufilé nous-même; vous l'ajusterez. Cela s'agrafe dans le dos comme le gilet des saint-simoniens sans aucun symbolisme.

— N'ayez pas peur! n'ayez pas peur! Mes confrères se moqueront de moi, mais j'en ferai à votre fantaisie; et en quelle étoffe doit s'exécuter ce précieux accoutrement?

Nous tirâmes d'un bahut un magnifique morceau de satin cerise ou vermillon de la Chine, que nous déployâmes triomphalement sous les yeux du tailleur épouvanté, avec un air de tranquillité et de satisfaction qui l'alarma pour notre raison.

La lumière miroitait et glissait sur les cas-

sures de l'étoffe que nous chiffonnions pour en
faire jouer les reflets et les brillants. Les gammes
les plus chaudes, les plus riches, les plus ar-
dentes, les plus délicates du rouge étaient parcourues. Pour éviter l'infâme rouge de 93,
nous avions admis une légère proportion de
pourpre dans notre ton; car nous étions dési-
reux qu'on ne nous attribuât aucune intention
politique. Nous n'étions pas dilettante de Saint-
Just et de Maximilien de Robespierre, comme
quelques-uns de nos camarades qui posaient
pour les montagnards de la poésie, mais plutôt
moyen âge, vieux baron de fer, féodal, prêt à
nous réfugier contre l'envahissement du siècle,
dans le burg de Goetz de Berlichingen, comme
il convenait à un page du Victor Hugo de ce
temps-là, qui avait aussi sa tour dans la Sierra.

Malgré les répugnances bien concevables du
brave Gaulois, le pourpoint s'exécuta, s'agrafa
par derrière et, sauf le ridicule d'être dans la
salle le seul de sa coupe et de sa couleur, nous
allait aussi bien qu'un gilet à la mode. Le reste
du costume se composait d'un pantalon vert
d'eau très pâle, bordé sur la couture d'une bande
de velours noir, d'un habit noir à revers de
velours largement renversés, et d'un ample par-
dessus gris doublé de satin vert. Un ruban de

2.

moire, servant de cravate et de col de chemise,
entourait le cou. Le costume, il faut en convenir,
n'était pas mal combiné pour irriter et scanda-
liser les philistins. N'allez pas croire à des enjo-
livements après coup. Rien de plus exact. Nous
voyons dans *Victor Hugo raconté par un témoin
de sa vie* : « Il n'y eut que l'excentricité des cos-
tumes, qui, du reste, suffit amplement à l'horri-
pilation des loges. On se montrait avec horreur
M. Théophile Gautier, dont le gilet flamboyant
éclatait ce soir-là sur un pantalon gris tendre,
orné au côté d'une bande de velours noir, et
dont les cheveux s'échappaient à flots d'un chapeau plat à larges bords. L'impassibilité de sa
figure régulière et pâle et le sang-froid avec
lequel il regardait les honnêtes gens des loges
démontraient à quel degré d'abomination et de
désolation le théâtre était tombé. »

Oui, nous les regardâmes avec un sang-froid
parfait toutes ces larves du passé et de la routine, tous ces ennemis de l'art, de l'idéal, de la
liberté et de la poésie, qui cherchaient de leurs
débiles mains tremblotantes à tenir fermée la
porte de l'avenir; et nous sentions dans notre
cœur un sauvage désir d'enlever leur scalp avec
notre tomahawk pour en orner notre ceinture;
mais à cette lutte, nous eussions couru le risque

de cueillir moins de chevelures que de perruques ; car si elle raillait l'école moderne sur
ses cheveux, l'école classique, en revanche,
étalait au balcon et à la galerie du Théâtre-
Français une collection de têtes chauves pareille
au chapelet de crânes de la déesse Dourga. Cela
sautait si fort aux yeux, qu'à l'aspect de ces
moignons glabres sortant de leurs cols triangu-
laires avec des tons couleur de chair et de beurre
rance, malveillants malgré leur apparence pa-
terne, un jeune sculpteur de beaucoup d'esprit et
de talent, célèbre depuis, dont les mots valent les
statues, s'écria au milieu d'un tumulte : « A la
guillotine, les genoux ! »

Nous demandons pardon à nos lecteurs de les
avoir fait tant attendre sur le seuil d'Hernani, et
cela pour leur parler de nous ; mais ce n'est pas
chez nous un péché d'habitude, et, si nous connaissions un moyen de disparaître tout à fait de
notre œuvre, nous l'emploierions ; — le *je* nous
répugne tellement que notre formule expressive
est *nous*, dont le pluriel vague efface déjà la
personnalité et vous replonge dans la foule. Mais
l'apparition surnaturelle, le flamboiement farouche et météorique de notre pourpoint écarlate à l'horizon du Romantisme ayant été regardé
« comme un signe des temps », dirait la *Revue*

des Deux Mondes, et occupé ce XIXe siècle qui avait pourtant bien autre chose à faire, il a bien fallu faire violence à notre modestie naturelle et nous mettre en scène un instant, puisque aussi bien c'est nous qui étions le moule de ce pourpoint mirifique.

III

LA PRÉSENTATION

Nos états de service d'*Hernani* (trente campagnes, trente représentations, vivement disputées) nous donnaient presque le droit d'être présenté au grand chef. Rien n'était plus simple : Gérard de Nerval ou Petrus Borel, dont nous avions fait récemment la connaissance, n'avaient qu'à nous mener chez lui. Mais à cette idée, nous nous sentions pris de timidités invincibles. Nous redoutions l'accomplissement de ce désir si longtemps caressé. Lorsqu'un incident quelconque faisait manquer les rendez-vous arrangés avec Gérard ou Pétrus, ou tous les deux, pour la présentation, nous éprouvions un sentiment de bien-être, notre poitrine était soulagée d'un grand poids, nous respirions librement.

Victor Hugo, que le nombre de visiteurs amenés par les représentations d'*Hernani* avait fait renvoyer de la paisible retraite qu'il habitait au fond d'un jardin plein d'arbres, rue Notre-Dame-des-Champs, était venu se loger dans une rue projetée du quartier François-Ier, la rue Jean-Goujon, composée alors d'une maison unique, celle du poète ; autour, s'étendaient les Champs-Elysées presque déserts, et dont la solitude était favorable à la promenade et à la rêverie.

Deux fois nous montâmes l'escalier lentement, lentement, comme si nos bottes eussent eu des semelles de plomb. L'haleine nous manquait ; nous entendions notre cœur battre dans notre gorge, et des moiteurs glacées nous baignaient les tempes. Arrivé devant la porte, au moment de tirer le cordon de la sonnette, pris d'une terreur folle, nous tournâmes les talons et nous descendîmes les degrés quatre à quatre, poursuivi par nos acolytes qui riaient aux éclats.

Une troisième tentative fut plus heureuse ; nous avions demandé à nos compagnons quelques minutes pour nous remettre, et nous nous étions assis sur une des marches de l'escalier car nos jambes flageolaient sous nous et refusaient de nous porter, mais voici que la porte s'ouvrit et qu'au milieu d'un flot de lumière, tel que Phébus-Apollon franchissant les portes de l'Aurore, apparut sur l'obscur palier, qui? Victor Hugo, lui-même dans sa gloire.

Comme Esther devant Assuérus, nous faillîmes nous évanouir. Hugo ne put, comme le satrape vers la belle Juive, étendre vers nous, pour nous rassurer, son long sceptre d'or, par la raison qu'il n'avait pas de sceptre d'or, ce qui nous étonna. Il sourit, mais ne parut pas surpris, ayant l'habitude de rencontrer journellement sur son passage de petits poètes en pâmoison, des rapins rouges comme des coqs ou pâles comme des morts, et même des hommes faits, interdits et balbutiants. Il nous releva de la manière la plus gracieuse et la plus courtoise, car il fut toujours d'une exquise politesse, et renonçant à sa promenade il rentra avec nous dans son cabinet.

Henri Heine raconte que s'étant proposé de voir le grand Gœthe, il avait longtemps préparé dans sa tête les superbes discours qu'il lui tiendrait, mais qu'arrivé devant lui il n'avait trouvé rien à lui dire sinon « que les pruniers sur la route d'Iéna à Weimar portent des prunes

excellentes contre la soif » ; ce qui avait fait sourire doucement le Jupiter-Mansuetus de la poésie
allemande, plus flatté peut-être de cette ânerie
éperdue que d'un éloge ingénieusement et froi-
dement tourné. Notre éloquence ne dépassa pas
le mutisme, quoique, nous aussi, nous eussions
rêvé pendant de longues soirées aux apostrophes
lyriques par lesquelles nous aborderions Hugo
pour la première fois.

Un peu remis, nous pûmes bientôt prendre
part à la conversation engagée entre Hugo,
Gérard et Petrus. On peut regarder les dieux,
les rois, les jolies femmes, les grands poètes un
peu plus fixement que les autres personnages,
sans qu'ils s'en fâchent, et nous examinions
Hugo avec une intensité admirative dont il
ne paraissait pas gêné. Il y reconnaissait l'œil
du peintre prenant des notes pour écrire à jamais
un aspect, une physionomie, à un moment
qu'on ne veut pas oublier.

Dans l'armée Romantique comme dans
l'armée d'Italie, tout le monde était jeune.

Les soldats pour la plupart n'avaient pas
atteint leur majorité, et le plus vieux de la
bande était le général en chef, âgé de vingt-huit
ans. C'était l'âge de Bonaparte et de Victor
Hugo à cette date.

Nous avons dit quelque part : « Il est rare qu'un poète, qu'un artiste, soit connu sous son premier et charmant aspect ; la réputation ne lui vient que plus tard lorsque déjà les fatigues de la vie, la lutte et les tortures des passions ont altéré sa physionomie primitive. Il ne laisse de lui qu'un masque usé, flétri, où chaque douleur a mis pour stigmate une meurtrissure ou une ride. C'est de cette dernière image, qui a sa beauté aussi, dont on se souvient ». Nous avons eu le bonheur de les connaître à leur plus frais moment de jeunesse, de beauté et d'épanouissement tous ces poètes de la pléiade moderne dont on ne connaît plus le premier aspect.

Ce qui frappait d'abord dans Victor Hugo, c'était le front vraiment monumental qui couronnait comme un fronton de marbre blanc son visage d'une placidité sérieuse. Il n'atteignait pas, sans doute, les proportions que lui donnèrent plus tard, pour accentuer chez le poète le relief du génie, David d'Angers et d'autres artistes ; mais il était vraiment d'une beauté et d'une ampleur surhumaines ; les plus vastes pensées pouvaient s'y écrire ; les couronnes d'or et de laurier s'y poser comme sur un front de dieu ou de césar. Le signe de la

puissance y était. Des cheveux châtain clair
l'encadraient et retombaient un peu longs. Du
reste, ni barbe ni moustaches, ni favoris ni
royale, une face soigneusement rasée, d'une
pâleur particulière, trouée et illuminée de deux
yeux fauves pareils à des prunelles d'aigle, et
une bouche à lèvres sinueuses, à coins sur-
baissés, d'un dessin ferme et volontaire qui, en
s'entr'ouvrant pour sourire, découvrait des dents
d'une blancheur étincelante. Pour costume, une
redingote noire, un pantalon gris, un petit col
de chemise rabattu, la tenue la plus exacte
et la plus correcte. On n'aurait vraiment pas
soupçonné dans ce parfait gentleman le chef de
ces bandes échevelées et barbues, terreur des
bourgeois à menton glabre. Tel Victor Hugo
nous apparut à cette première rencontre, et
l'image est restée ineffaçable dans notre souvenir. Nous gardons précieusement ce portrait
beau, jeune, souriant, qui rayonnait de génie, et
répandait comme une phosphorescence de
gloire.

IV

UN BUSTE DE VICTOR HUGO

De tout les portraits de Victor Hugo que l'on a faits jusqu'à présent, aucun ne reproduit les traits et la physionomie de ce Gengiskan de la pensée; on connaît la lithographie de Devéria, belle comme une œuvre, d'art et d'une grande tournure; mais je ne crois pas que le caractère de la tête soit bien saisi, surtout moralement; on dirait presque un Byron, un Shelley, ou quelque autre de l'école satanique; il y a de l'orage sur le front, de l'amertume dans ce sourcil contracté; le nez est loin d'être exact, il vise à l'aquilin; la bouche et le menton manquent un peu de ces méplats fortement accusés, de ces contours fouillés si puissamment, qu'on remarque dans Victor Hugo et qui donnent quelque chose de grand et de ferme à son profil. David, dans ses bas-reliefs pour le tombeau du général Foy, n'a guère été plus heureux ; il a cru qu'il suffisait d'exagérer certains détails pour arriver au but ; ce n'est plus un portrait, c'est ce qu'on appelle en argot d'atelier une charge. D'ailleurs, le haut de la figure est tellement déprimé (à l'opposé du portrait de Gœthe, où le front surplombe), qu'anatomiquement parlant, un personnage constitué ainsi ne pourrait vivre.

Voici un nouvel essai de M. Jehan Duseigneur. auteur de *Roland furieux*, d'un *Napoléon* refusé et qui, certes, valait mieux que celui de Seurre, ridiculement étayé d'un aigle ou d'une bûche, je ne sais trop lequel ; voyons s'il a mieux réussi.

Son buste est d'une belle proportion, un tiers plus grand que nature ; le masque a de la bonhomie et du repos ; on voit bien là l'homme qui a confiance en sa force et qui poursuit majestueusement sa haute mission, l'homme dont la devise littéraire est *hierro*, et qui n'en est pas moins doux à l'usage et simple dans sa vie

ordinaire, comme s'il n'était pas lui. M. Duseigneur a très heureusement, selon nous, fondu
le poète avec l'homme, chose que l'on néglige
trop souvent dans les portraits de célébrités
à qui l'on donne presque toujours un air de
dithyrambe et de *smorfia* méditative, on ne peut
plus ridicule chez nous, où le poète est citoyen,
comme dit Sainte-Beuve.

Le front, un des plus beaux laboratoires à
pensées qui soient au monde contemporain, est
étudié avec scrupule, modelé avec finesse. Le
travail est souple et moelleux; cela singe la
chair autant qu'il l'est donné à l'argile; les
lèvres sont d'un sentiment délicat et vrai; elles
respirent bien, et, dans le globe vide de l'œil,
M. Duseigneur, différent en cela des sculpteurs
grecs, nous a fait deviner, avec tout l'art ima-
ginable, cette prunelle d'aigle et ce regard large
que la peinture est seule en possession de rendre.
Seulement, et peut-être est-ce une observation
minutieuse, les sourcils sont un peu trop saillants
et coupent la ligne frontale un peu trop brusquement. Ce buste nous paraît destiné à un grand
succès, surtout à l'étranger où les intelligences
plus artistes sont en avant de nous dans l'admiration du plus grand poète que nous ayons. Nous
ne doutons pas que tous les religieux de ce beau

3.

talent ne s'empressent d'orner leurs bibliothè-
ques de ce portrait, dont le moulage a été confié
à l'un de nos habiles, M. Lambert Misson,
rue Mazarine.

V

LA PLACE ROYALE

En 1830, je demeurais avec mes parents à la place Royale, n° 8, dans l'angle de la rangée d'arcades où se trouvait la mairie. Si je note ce détail, ce n'est pas pour indiquer à l'avenir une de mes demeures. Je ne suis pas de ceux dont la postérité signalera les maisons avec un buste ou une plaque de marbre, mais cette circonstance influa beaucoup sur la direction de ma vie. Victor Hugo, quelque temps après la révolution de Juillet, était venu loger à la place Royale, au n° 6, dans la maison en retour d'équerre. On pouvait se parler d'une fenêtre à l'autre.

Le voisinage de l'illustre chef romantique rendit mes relations avec lui et avec l'école naturellement plus fréquentes. Peu à peu je négligeai la peinture et me tournai vers les idées littéraires. Hugo m'aimait assez et me laissait asseoir comme un page familier sur les marches de son trône féodal. Ivre d'une telle faveur, je voulus la mériter, et je rimai la légende d'Albertus, que je joignis avec quelques autres pièces à mon volume sombré dans la tempête, et dont l'édition me restait presque entière; à ce volume, devenu rare, était jointe une eau-forte ultra-excentrique de Célestin Nanteuil. Ceci se passait vers 1833. Le surnom d'Albertus me resta, et l'on ne m'appelait guère autrement dans ce qu'Alfred de Musset appelait : « la grande boutique romantique ».

VI

LA PREMIÈRE D'HERNANI

25 février 1830! Cette date reste écrite dans
le fond de notre passé en caractères flamboyants : la date de la première représentation
d'*Hernani*! Cette soirée décida de notre vie! Là
nous reçûmes l'impulsion qui nous pousse
encore après tant d'années et qui nous fera
marcher jusqu'au bout de la carrière. Bien du
temps s'est écoulé depuis, et notre éblouissement est toujours le même. Nous ne rabattons
rien de l'enthousiasme de notre jeunesse, et
toutes les fois que retentit le son magique du
cor, nous dressons l'oreille comme un vieux

cheval de bataille prêt à recommencer les anciens combats.

Le jeune poète, avec sa fière audace et sa grandesse de génie, aimant mieux d'ailleurs la gloire que le succès, avait opiniâtrement refusé l'aide de ces cohortes stipendiées qui accompagnent les triomphes et soutiennent les déroutes. Les claqueurs ont leur goût comme les académiciens. Ils sont en général classiques. C'est à contre-cœur qu'ils eussent applaudi Victor Hugo : leurs hommes étaient alors Casimir Delavigne et Scribe, et l'auteur courait risque, si l'affaire tournait mal, d'être abandonné au plus fort de la bataille. On parlait de cabales, d'intrigues ténébreusement ourdies, de guet-apens presque, pour assassiner la pièce et en finir d'un seul coup avec la nouvelle École. Les haines littéraires sont encore plus féroces que les haines politiques, car elles font vibrer les fibres les plus chatouilleuses de l'amour-propre, et le triomphe de l'adversaire vous proclame imbécile. Aussi n'est-il pas de petites infamies et même de grandes que ne se permettent, en pareil cas, sans le moindre scrupule de conscience, les plus honnêtes gens du monde.

On ne pouvait cependant pas, quelque brave

qu'il fût, laisser *Hernani* se débattre tout seul
contre un parterre mal disposé et tumultueux,
contre des loges plus calmes en apparence mais
non moins dangereuses dans leur hostilité polie,
et dont le ricanement bourdonne si importun
au-dessous du sifflet plus franc, du moins, dans
son attaque. La jeunesse romantique pleine
d'ardeur et fanatisée par la préface de *Cromwell*,
résolue à soutenir « l'épervier de la montagne »,
comme dit Alarcon du *Tisserand de Ségovie*,
s'offrit au maître qui l'accepta. Sans doute tant
de fougue et de passion était à craindre, mais la
timidité n'était pas le défaut de l'époque. On
s'enrégimenta par petites escouades dont chaque homme avait pour passe le carré de papier
rouge timbré de la griffe *Hierro*. Tous ces
détails sont connus, et il n'est pas besoin d'y
insister.

On s'est plu à représenter dans les petits
journaux et les polémiques du temps ces jeunes
hommes, tous de bonne famille, instruits, bien
élevés, fous d'art et de poésie, ceux-ci écrivains,
ceux-là peintres, les uns musiciens, les autres
sculpteurs ou architectes, quelques-uns critiques et occupés à un titre quelconque de
choses littéraires, comme un ramassis de
truands sordides. Ce n'étaient pas les Huns

d'Attila qui campaient devant le Théâtre-Français, malpropres, farouches, hérissés, stupides;
mais bien les chevaliers de l'avenir, les champions de l'idée, les défenseurs de l'art libre; et
ils étaient beaux, libres et jeunes. Oui, ils
avaient des cheveux — on ne peut naître avec
des perruques — et ils en avaient beaucoup qui
retombaient en boucles souples et brillantes,
car ils étaient bien peignés. Quelques-uns portaient de fines moustaches, et quelques autres
des barbes entières. Cela est vrai, mais cela
seyait fort bien à leurs têtes spirituelles, hardies et fières, que les maîtres de la Renaissance
eussent aimé à prendre pour modèles.

Ces brigands de la pensée, l'expression est de
Philothée O'Neddy, ne ressemblaient pas à de
parfaits notaires, il faut l'avouer, mais leur costume où régnaient la fantaisie du goût indivi-
duel et le juste sentiment de la couleur, prêtait
davantage à la peinture. Le satin, le velours, les
soutaches, les brandebours, les parements de
fourrures, valaient bien l'habit noir à queue de
morue, le gilet de drap de soie trop court remon-
tant sur l'abdomen, la cravate de mousseline
empesée où plonge le menton, et les pointes
des cols en toile blanche faisant œillères aux
lunettes d'or. Même le feutre mou et la vareuse

des plus jeunes rapins qui n'étaient pas encore
assez riches pour réaliser leurs rêves de costume à la Rubens et à la Velasquez, étaient
plus élégants à coup sûr que le chapeau en
tuyau de poêle et le vieil habit à plis cassés des
anciens habitués de la Comédie-Française, hor-
ripilés par l'invasion de ces jeunes barbares
shakespeariens. Ne croyez donc pas un mot de
ces histoires. Il aurait suffi de nous faire entrer
une heure avant le public; mais, dans une
intention perfide, et dans l'espoir sans doute de
quelque tumulte qui nécessitât ou prétextât
l'intervention de la police, on fit ouvrir les
portes à deux heures de l'après-midi, ce qui faisait huit heures d'attente jusqu'au lever du
rideau.

La salle n'était pas éclairée. Les théâtres sont
obscurs le jour, et ne s'illuminent que la nuit.
Le soir est leur aurore, et la lumière ne leur
vient que lorsqu'elle s'éteint au ciel. Ce renver-
sement s'accorde avec leur vie factice. Pendant
que la réalité travaille, la fiction dort.

Rien de plus singulier qu'une salle de théâtre
pendant la journée. A la hauteur, à l'immensité
du vaisseau encore agrandies par la solitude, on
se croirait dans la nef d'une cathédrale. Tout
est baigné d'une ombre vague où filtrent, par

quelque ouverture des combles, ou quelque
regard de loge, des lueurs bleuâtres, des rayons
blafards contrastant avec les tremblotements
rouges des fanaux de service disséminés en
nombre suffisant, non pour éclairer, mais pour
rendre l'obscurité visible. Il ne serait pas difficile à un œil visionnaire, comme celui d'Hoff-
mann, de trouver là le décor d'un conte fantastique. Nous n'avions jamais pénétré dans une
salle de spectacles le jour, et lorsque notre
bande, comme le flot d'une écluse qu'on ouvre,
creva à l'intérieur du théâtre, nous demeu-
râmes surpris de cet effet à la Piranèse.

On s'entassa du mieux qu'on put aux places
hautes, aux recoins obscurs du cintre, sur les
banquettes de derrière des galeries, à tous les
endroits suspects et dangereux où pouvait s'em-
busquer dans l'ombre une clé forée, s'abriter
un claqueur furieux, un prudhomme épris de
Campistron et redoutant le massacre des bustes
par des septembriseurs d'un nouveau genre.
Nous n'étions là guère plus à l'aise que don
Carlos n'allait l'être tout à l'heure au fond de
son armoire; mais les plus mauvaises places
avaient été réservées aux plus dévoués, comme
en guerre les postes les plus périlleux aux
enfants perdus qui aiment à se jeter dans la

gueule même du danger. Les autres, non moins
solides, mais plus sages, occupaient le parterre,
rangés en bon ordre sous l'œil de leurs chefs,
et prêts à donner avec ensemble sur les philistins au moindre signal d'hostilité.

Six ou sept heures d'attente dans l'obscurité,
ou, tout au moins, la pénombre d'une salle dont
le lustre n'est pas allumé, c'est long, même
lorsqu'au bout de cette nuit *Hernani* doit se
lever comme un soleil radieux.

Des conversations sur la pièce s'engagèrent
entre nous, d'après ce que nous en connaissions. Quelques-uns, plus avant dans la familiarité du maître, en avaient entendu lire des
fragments dont ils avaient retenu quelques vers
qu'ils citaient et qui causaient un vif enthousiasme. On y pressentait un nouveau *Cid*, un
jeune Corneille non moins fier, non moins hautain et castillan que l'ancien, mais ayant pris
cette fois la palette de Shakespeare. On discutait
sur les divers titres qu'avait dû porter le drame.
Quelques-uns regrettaient *Trois pour une*, qui
leur semblait un vrai titre à la Calderon, un titre
de cape et d'épée, bien espagnol et bien romantique, dans le sens de *La vie est un songe*, des
Matinées d'avril et de mai; d'autres, et avec
raison, trouvaient plus de gravité au titre ou

plutôt au sous-titre L'*Honneur castillan*, qui contenait l'idée de la pièce.

Le plus grand nombre préférait *Hernani* tout court, et leur avis a prévalu, car c'est ainsi que le drame s'appelle définitivement, et que, pour nous servir de la formule homérique, il voltige, nom ailé, sur la bouche des hommes à la voix articulée.

Dix ans plus tard, nous voyagions en Espagne. Entre Astigarraga et Tolosa, nous traversâmes au galop de mules un bourg à demi ruiné par la guerre entre les *christinos* et les *carlistes*, dont nous entrevoyions confusément dans l'ombre les murs historiés d'énormes blasons sculptés au-dessus des portes, et les fenêtres noires à serrureries compliquées, grilles et balcons touffus, témoignant d'une ancienne splendeur, et nous demandâmes à notre zagal qui courait près de la voiture, la main posée sur la maigre échine de la mule hors montoir, le nom de ce village; il nous répondit : « Ernani ». A ces trois syllabes évocatrices, la somnolence qui commençait à nous envahir, après une journée de fatigue, se dissipa tout à coup. A travers le perpétuel tintement de grelots de l'attelage, passa comme un soupir lointain une note du cor d'Hernani. Nous revîmes, dans un éblouisse-

ment soudain, le fier montagnard avec sa cuirasse de cuir, ses manches vertes et son pantalon
rouge ; don Carlos dans son armure d'or, Doña
Sol pâle et vêtue de blanc, Ruy Gomez de Silva
debout devant les portraits de ses aïeux ; tout le
drame complet. Il nous semblait même entendre
encore la rumeur de la première représentation.

Victor Hugo enfant, revenant d'Espagne en
France, après la chute du roi Joseph, a dû
traverser ce bourg dont l'aspect n'a pas changé,
et recueillir de la bouche d'un postillon ce nom
bizarre, d'une sonorité éclatante, si bien fait
pour la poésie, qui, mûrissant plus tard dans son
cerveau comme une graine oubliée dans un
coin, a produit cette magnifique floraison dramatique.

La faim commençait à se faire sentir. Les
plus prudents avaient emporté du chocolat et
des petits pains, — quelques-uns — *proh! pudor*
— des cervelas ; des classiques malveillants
disent à l'ail. Nous ne le pensons pas ; d'ailleurs,
l'ail est classique ; Thestylis en broyait pour les
moissonneurs de Virgile. La dînette achevée,
on chanta quelques ballades d'Hugo, puis on
passa à quelques-unes de ces interminables *scies*
d'atelier, ramenant, comme les norias leurs
godets, leurs couplets versant toujours la même

bêtise; ensuite, on se livra à des imitations du cri des animaux dans l'arche, que les critiques du Jardin des Plantes auraient trouvées irréprochables. On se livra à d'innocentes gamineries de rapins; on demanda la tête, ou plutôt le *gazon*, de quelque membre de l'Institut; on déclama des *songes tragiques!* et l'on se permit, à l'endroit de Melpomène, toutes sortes de libertés juvéniles qui durent fort étonner la bonne vieille déesse, peu habituée à sentir chiffonner de la sorte son péplum de marbre.

Cependant, le lustre descendait lentement du plafond avec sa triple couronne de gaz et son scintillement prismatique; la rampe montait, traçant entre le monde idéal et le monde réel sa démarcation lumineuse. Les candélabres s'allumaient aux avant-scènes, et la salle s'emplissait peu à peu. Les portes des loges s'ouvraient et se fermaient avec fracas. Sur le rebord de velours, posant leurs bouquets et leurs lorgnettes, les femmes s'installaient comme pour une longue séance, donnant du jeu aux épaulettes de leur corsage décolleté, s'asseyant bien au milieu de leurs jupes. Quoiqu'on ait reproché à notre école l'amour du laid, nous devons avouer que les belles, jeunes et jolies femmes furent chaudement applaudies de cette jeunesse ardente, ce

qui fut trouvé de la dernière inconvenance et
du dernier mauvais goût par les vieilles et les
laides. Les applaudies se cachèrent derrière
leurs bouquets avec un sourire qui pardonnait.

L'orchestre et le balcon étaient pavés de
crânes académiques et classiques. Une rumeur
d'orage grondait sourdement dans la salle; il
était temps que la toile se levât; on en serait
peut-être venu aux mains avant la pièce, tant
l'animosité était grande de part et d'autre.
Enfin les trois coups retentirent. Le rideau se
replia lentement sur lui-même, et l'on vit, dans
une chambre à coucher du seizième siècle,
éclairée par une petite lampe, doña Josepha
Duarte, vieille en noir, avec le corps de sa jupe
cousu de jais, à la mode d'Isabelle la Catho-
lique, écoutant les coups que doit frapper à la
porte secrète un galant attendu par sa maîtresse :

Serait-ce déjà lui ?... C'est bien à l'escalier
Dérobé.

La querelle était déjà engagée. Ce mot rejeté
sans façon à l'autre vers, cet enjambement auda-
cieux, impertinent même, semblait un spadassin
de profession, un Saltabadil, un Scoronconcolo
allant donner une pichenette sur le nez du clas-
sicisme pour le provoquer en duel.

— Eh quoi! dès le premier mot l'orgie en est déjà là? On casse les vers et on les jette par les fenêtres! dit un classique admirateur de Voltaire avec le sourire indulgent de la sagesse pour la folie.

Il était tolérant d'ailleurs, et ne se fût pas opposé à de prudentes innovations, pourvu que la langue fût respectée; mais de telles négligences au début d'un ouvrage devaient être condamnées chez un poète, quels que fussent ses principes, libéral ou royaliste.

— Mais ce n'est pas une négligence, c'est une beauté, répliquait un romantique de l'atelier de Devéria, fauve comme un cuir de Cordoue et coiffé d'épais cheveux rouges comme ceux d'un Giorgone.

.....C'est bien à l'escalier
Dérobé.

Ne voyez-vous pas que ce mot *dérobé* rejeté, et comme suspendu en dehors du vers, peint admirablement l'escalier d'amour et de mystère qui enfonce sa spirale dans la muraille du manoir! Quelle merveilleuse science architectonique! quel sentiment de l'art du xive siècle! quelle intelligence profonde de toute civilisation!

L'ingénieux élève de Devéria voyait sans doute trop de choses dans ce rejet, car ses commentaires, développés outre mesure, lui attirèrent des *chut* et des *à la porte*, dont l'énergie croissante l'obligea bientôt au silence.

Il serait difficile de décrire, maintenant que les esprits sont habitués à regarder comme des morceaux pour ainsi dire classiques les nouveautés qui semblaient alors de pures barbaries, l'effet que produisaient sur l'auditoire ces vers si singuliers, si mâles, si forts, d'un tour si étrange, d'une allure si cornélienne et si shakespearienne à la fois. Nous allons cependant l'essayer. Il faut d'abord bien se figurer qu'à cette époque, en France, dans la poésie et même aussi dans la prose, l'horreur du mot propre était poussé à un degré inimaginable. Quoi qu'on fasse, on ne peut concevoir cette horreur qu'au point de vue historique, comme certains préjugés dont les motifs ou les prétextes ont disparu.

Quand on assiste aujourd'hui à une représentation d'*Hernani*, en suivant le jeu des acteurs sur un vieil exemplaire marqué de coups d'ongle à la marge pour désigner des endroits tumultueux, interrompus ou sifflés, d'où partent d'ordinaire maintenant les applaudissements comme des

vols d'oiseaux avec de grands bruits d'ailes, et
qui étaient jadis des champs de bataille piétinés,
des redoutes prises et reprises, des embuscades
où l'on s'attendait au détour d'une épithète, des
relais de meutes pour sauter à la gorge d'une
métaphore poursuivie, on éprouve une surprise
indicible que les générations actuelles, débar-
rassées de ces niaiseries par nos vaillants efforts,
ne comprendront jamais tout à fait. Comment
s'imaginer qu'un vers comme celui-ci :

Est-il minuit ? — Minuit bientôt

ait soulevé des tempêtes, et qu'on se soit battu
trois jours autour de cet hémistiche? On le trouvait trivial, familier, inconvenant; un roi demande l'heure comme un bourgeois et on lui
répond comme à un rustre : *minuit*. C'est bien
fait. S'il s'était servi d'une belle périphrase, on
aurait été poli; par exemple :

> — L'heure
> Atteindra bientôt sa dernière demeure.

Si l'on ne voulait pas de mots propres dans
les vers, on y supportait aussi fort impatiem-
ment les épithètes, les métaphores, les compa-
raisons, les mots poétiques enfin, le lyrisme,

pour tout dire, ces échappées rapides vers la
nature, ces élans de l'âme au-dessus de la situation, ces ouvertures de la poésie à travers le
drame, si fréquentes dans Shakespeare, Calderon
et Gœthe, si rares chez nos grands auteurs du
XVIIe siècle, que tout le théâtre de ce temps ne
fournit que ces deux vers pittoresques, l'un de
Corneille, l'autre de Molière, le premier dans
le récit du Cid, le second dans les propos
d'Orgon revenant de voyage et se chauffant les
mains devant le feu. Le vers de Corneille est
une cheville magnifique taillée par des mains
souveraines dans le cèdre des parvis célestes
pour amener la rime de « voiles » dont il avait
besoin :

Cette obscure clarté qui tombe des étoiles.

Celui de Molière :

La campagne à présent n'est pas beaucoup fleurie,

respire un sentiment de bien-être bourgeois et
de satisfaction de ne plus être exposé aux intem-
péries de l'air; mais qui cependant fait penser,
dans cette noire maison du vieux Paris où s'en-
chevêtrent comme des reptiles les tortuosités de
l'intrigue, qu'il y a encore là-bas, à la cam-

pagne, quelque chose de vert, et que l'homme, quoiqu'il ne la regarde guère, est toujours enveloppé de la nature.

Ce spectacle si nouveau occupait la malveillance. On suivait, sans la quitter des yeux, cette action si vivement engagée, et l'on sacrifiait plus d'une fois le plaisir de chuter ou d'interrompre à celui d'entendre. Le génie du poète dominait par instants les routines et les mauvais instincts de la foule qui regimbe contre tout ascendant qu'elle ne subissait pas la veille, et trouve qu'elle admire déjà bien assez de gens comme cela.

Malgré la terreur qu'inspirait la bande d'Hugo répandue par petites escouades et facilement reconnaissable à ses ajustements excentriques et à ses airs féroces, bourdonnait dans la salle cette sourde rumeur des foules agitées, qu'on ne comprime pas plus que celle de la mer. La passion qu'une salle contient se dégage toujours et se révèle par des signes irrécusables. Il suffisait de jeter les yeux sur ce public pour se convaincre qu'il ne s'agissait pas là d'une représentation ordinaire; que deux systèmes, deux armées, deux civilisations même — ce n'est pas trop dire — étaient en présence, se haïssant cordialement, comme on se hait dans les

haines littéraires, ne demandant que la bataille,
et prêts à fondre l'un sur l'autre. L'attitude
générale était hostile, les coudes se faisaient
anguleux, la querelle n'attendait pour jaillir
que le moindre contact, et il n'était pas difficile
de voir que ce jeune homme à longs cheveux
trouvait ce monsieur à face bien rasée désas-
treusement crétin et ne lui cacherait pas longtemps cette opinion particulière.

En effet, de petits tumultes aussitôt étouffés
éclataient aux plaisanteries romantiques de don
Carlos, aux *saint Jean d'Avila!* de don Ruy
Gomez de Silva, et à certaines touches de couleur locale espagnole prise à la palette du
Romancero pour plus d'exactitude. Mais comme
au fond on sentait que ce mélange de familiarité
et de grandeur, d'héroïsme et de passion, de
sauvagerie chez Hernani, de rabâchage homérique chez le vieux Silva, révoltait profondément la portion du public qui ne faisait pas
pas partie des *salteadores* d'Hugo! *De ta suite
— j'en suis!* qui termine l'acte, devint, nous
n'avons pas besoin de vous le dire, pour l'immense tribu des *glabres*, le prétexte des plus
insupportables scies; mais les vers de la tirade
sont si beaux, que dits même par ces canards
de Vaucanson, ils semblaient encore admirables.

Madame Gay, qui fut plus tard Madame Del-
phine de Girardin, et qui était déjà célèbre
comme poétesse, attirait les yeux par sa beauté
blonde. Elle prenait naturellement la pose et le
costume que lui donne le portrait si connu
d'Hersent, robe blanche, écharpe bleue, longues
spirales de cheveux d'or, bras replié et bout du
doigt appuyé sur la joue dans l'attitude de
l'attention admirative; cette Muse avait toujours l'air d'écouter un Apollon. Lamartine et
Victor Hugo étaient ses grands amis; elle se
tint en adoration devant leur génie jusqu'au
dernier jour, et sa belle main pâle ne laissa
tomber l'encensoir que glacée. Ce soir-là, ce
grand soir à jamais mémorable d'*Hernani*, elle
applaudissait, comme un simple rapin entré
avant deux heures avec un billet rouge, les
beautés choquantes, les traits de génie révol-
tants...

.   .   .   .

.   .   .   . (1).

(1) Voir la note à la fin du volume.

VII

PROCÈS DE VICTOR HUGO
CONTRE LA COMÉDIE-FRANÇAISE

Novembre 1837.

Le grand événement dramatique de la semaine est le procès de M. Victor Hugo, contre
la Comédie-Française, qui doit se dénouer
aujourd'hui. L'issue n'en paraît pas douteuse,
et nous nous réjouissons à l'idée de voir enfin
au Théâtre-Français autre chose que des comédies sans couplets fabriquées par des vaudevil-
listes à la retraite. Il est très curieux que Victor
Hugo, le plus grand poète de France, soit obligé
de se faire jouer par autorité de justice, comme

M. Laverpillière, auteur des *Deux Mahométans*.
Heureusement M. Victor Hugo aura pour lui,
en premier et en dernier ressort, tous les juges,
le tribunal et le public.

M. Hugo, fort occupé de ses dissidences avec
la Comédie-Française, n'a rien donné au théâtre
depuis un an, et c'est grand dommage. Nous
en voulons doublement à M. Vedel : un drame
en vers de M. Hugo aurait aujourd'hui un grand
succès. Les questions de césure et d'enjambement sont assoupies, et tout le monde reconnaît M. Hugo pour un admirable poète : *Lucrèce*,
Marie Tudor, *Angelo* ont prouvé que c'était un
grand dramaturge et qu'il connaissait « les
planches » aussi bien que le plus habile charpentier scénique.

A défaut de pièces nouvelles, la reprise ré-
cente de *Lucrèce Borgia* a obtenu un succès qui
n'est pas encore près de se ralentir. Quelle fer-
meté de lignes, quel caractère et quelle port de
style ! Comme l'action est simple et sinistre à la
fois ! C'est une œuvre, à notre avis, d'une perfection classique ; jamais la prose théâtrale n'a
atteint cette vigueur et ce relief.

Marie Tudor, que l'on vient aussi de reprendre, n'a pas moins réussi ; jamais Mademoiselle

Georges n'a été plus familièrement terrible et plus royalement belle ; la grande scène de la fin, d'une anxiété suffocante, a produit le même effet qu'aux premières représentations.

Comme on est heureux de revoir, après tant de mimodrames, d'hippodrames, de vaudevilles avec ou sans couplets une œuvre d'une conception large et grande, exécutée sévèrement en beau style magistral ! Nous voudrions seulement que M. Hugo eût un peu pitié de nous et nous fît plus souvent des drames en prose ou en vers ; une pièce nouvelle s'accorderait merveilleusement bien avec les reprises d'*Hernani* et de *Marion Delorme* qui vont avoir lieu.

VIII

REPRISE D'HERNANI

PAR AUTORITÉ DE JUSTICE

(THÉATRE-FRANÇAIS)

22 janvier 1838.

C'est samedi dernier qu'a eu lieu la reprise d'*Hernani*, — par autorité de justice. — A vrai dire, la physionomie de la salle n'avait rien de très judiciaire, et l'on ne se serait guère douté qu'une si nombreuse affluence de spectateurs se portât à une pièce jouée de force; beaucoup d'ouvrages joués librement sont loin d'attirer une telle foule, même dans toute la fraîcheur de leur nouveauté.

Outre sa valeur poétique, *Hernani* est un

curieux monument d'histoire littéraire. Jamais
œuvre dramatique n'a soulevé une plus vive
rumeur ; jamais on n'a fait tant de bruit autour
d'une pièce. *Hernani* était le champ de bataille
où se colletaient et luttaient avec un acharne-
ment sans pareil et toute l'ardeur passionnée
des haines littéraires les champions romantiques et les athlètes classiques ; chaque vers était
pris et repris d'assaut. Un soir, les romantiques
perdaient une tirade ; le lendemain, ils la rega-
gnaient, et les classiques, battus, se portaient sur
un autre point avec une formidable artillerie de
sifflets, appeaux à prendre les cailles, clefs forées,
et le combat recommençait de plus belle. Qui
croirait, par exemple, que cette phrase si simple :
« Quelle heure est-il ? — Minuit ! » ait excité des
tumultes effroyables ? Il n'y a pas un seul mot
dans *Hernani* qui n'ait été applaudi ou sifflé à
outrance. En effet, *Hernani*, si l'on se reporte à
l'époque où il a été joué, est une pièce de la plus
audacieuse étrangeté : tout y est nouveau, sujet,
mœurs, conduite, style et versification. Passer
tout d'un coup des pièces de MM. Debrieu,
Arnand, Jory et autres à ce drame de cape et
d'épée ; après cette fade boisson édulcorée, boire
ce vin de Xérès, haut de bouquet et de saveur,
la transition était brusque.

Huit ans se sont écoulés; le public a fait comme le prophète qui voyant que la montagne ne venait pas à lui, alla lui-même à la montagne : il est allé au poète. *Hernani* n'a pas excité le plus léger murmure : il a été écouté avec la plus religieuse attention et applaudi avec un discernement admirable ; pas un seul beau vers, pas un seul mouvement héroïque, n'ont passé incompris ; le public s'est abandonné de bonne foi au poète et l'a suivi complaisamment jusque dans les écarts de sa fantaisie ; ces beaux vers cornéliens, amples et puissants, s'enlevant aux cieux d'un seul coup d'aile, comme des aigles montagnards, ont excité les plus vifs transports. Le sentiment de la poésie n'est pas aussi mort en France que certains critiques, qui sans doute ont leurs raisons pour cela, veulent bien le dire : l'art est encore aimé ; et nous n'en sommes pas réduits à ne pouvoir digérer comme nourriture intellectuelle que la crème fouettée du vaudeville. Les œuvres sérieuses et passionnées trouveront toujours des approbateurs intelligents dans ce beau pays de France, dont la littérature *nationale* ne consistera pas, nous l'espérons bien, en opéras-comiques et en flonflons.

Le mérite principal d'*Hernani*, c'est la jeunesse : on y respire d'un bout à l'autre une odeur de sève printanière et de nouveau feuillage d'un charme inexprimable; toutes les qualités et tous les défauts en sont jeunes : passion idéale, amour chaste et profond, dévouement héroïque, fidélité au point d'honneur, effervescence lyrique, agrandissement des proportions naturelles, exagération de force; c'est un des plus beaux rêves dramatiques que puisse accomplir un grand poète de vingt-cinq ans.

Les autres pièces de M. Hugo, égales pour le moins en mérite à *Hernani*, n'ont pas cet attrait particulier. *Hernani* est la fleur, *Lucrèce Borgia* est le fruit. Peut-être aussi cette sensation se joint-elle pour nous à des souvenirs d'adolescence et de juvénile ardeur; mais cet effet était généralement ressenti et tout le monde semblait surpris de se trouver encore tant d'enthousiasme après huit ans révolus. C'est M. Hugo lui-même qui l'a dit : « Il ne faut guère revoir les idées et les femmes que l'on avait à vingt ans; elles paraissent bien ridées, bien édentées, bien ridicules ». *Hernani* a subi victorieusement cette chanceuse épreuve. Doña Sol a retrouvé ses anciens amants plus épris que jamais : il est vrai qu'elle avait emprunté les traits et la voix de Madame Dorval.

Il est inutile de faire l'analyse d'*Hernani*, on sait la pièce par cœur; nous dirons quelques mots de la manière dont les acteurs ont joué, et nous constaterons les progrès du public. La magnifique scène des portraits de famille, si profondément espagnole, et qui semble écrite avec la plume qui traça le *Cid*, a été applaudie comme elle le mérite; autrefois elle était criblée de sifflets. Le monologue de Charles-Quint au tombeau de Charlemagne n'a paru long à personne; cette sublime méditation a été parfaitement écoutée et comprise.

La singularité et la sauvagerie de quelques détails n'ont distrait personne de la beauté sérieuse de l'ensemble, et le succès a été aussi complet que possible. *Hernani* consacré par l'épreuve de la première représentation, de la lecture et de la reprise, restera à tout jamais au répertoire avec le *Cid* dont il est le cousin et le compatriote.

Jamais le génie de M. Hugo, plus espagnol que français, ne s'est développé dans un milieu plus favorable : il a le style à larges plis, la phrase au port grave et hautain, le grandiose pointilleux qui conviennent pour faire parler des hidalgos. Personne n'a, d'ailleurs, un sentiment plus intime et plus profond des mœurs et de la famille féodales : aucun poète vivant n'aurait inventé Ruy Gomez de Sylva.

M. Vedel s'est exécuté de bonne grâce : la pièce est convenablement montée et de manière à couvrir bientôt les six mille francs de dommages-intérêts alloués à l'auteur par le tribunal.

Firmin (Hernani) a rempli son rôle avec sa chaleur et son intelligence ordinaires : il est à regretter que cet acteur, plein de sentiment, manque un peu de moyens d'exécution, et soit trahi par ses forces. Joanny est magnifique dans Ruy de Sylva : il est ample et simple, paternel et majestueux, amoureux avec dignité, bon et confiant au commencement de la pièce, implacable et sinistre dans l'acte de la vengeance. Il a merveilleusement conservé à ce rôle sa physionomie homérique dans la scène de l'hospitalité, il a été d'une onction et d'une simplicité tout antiques. Quant à Madame Dorval, nous ne savons comment la louer; il est impossible de mieux rendre cette passion profonde et contenue qui s'échappe en cris soudains aux endroits suprêmes, cette fierté adorablement soumise aux volontés de l'amant : cette abnégation courageuse, cet anéantissement de toute chose humaine dans un seul être, cette chatterie déli-

cieuse et pudique de la jeune fille qui dit au
désir : « Tout à l'heure », et à travers tout
cela l'orgueil castillan, l'orgueil du sang et de la
race, qui lui fait répondre au vieux Sylva :

> On n'a pas de galants quand on est doña Sol
> Et qu'on a dans le cœur de bon sang espagnol.

Madame Dorval a exprimé toutes ces nuances
si délicates avec le plus rare bonheur. Au cinquième acte, elle a été sublime d'un bout à
l'autre ; aussi , la toile tombée, ellle a été redemandée à grands cris et saluée par de nombreuses salves d'applaudissements. Nous l'atten-
dons dans *Marion Delorme*, avec la plus vive
impatience. N'oublions pas Ligier, qui a été très
convenable daus tout son rôle, et qui a particulièrement bien dit le grand monologue.

IX

DÉBUTS DE MADEMOISELLE ÉMILIE GUYON

DANS HERNANI

(THÉATRE-FRANÇAIS)

15 juin 1841.

Hernani est toujours pour nous le drame de
Victor Hugo que nous préférons, non pas que
nous pensions, comme M. de Salvandy, que
l'illustre poète n'ait rien fait qui vaille depuis
sa pièce couronnée aux Jeux floraux : mais
Hernani réveille en nous de tels souvenirs d'enthousiasme et de jeunesse, qu'il nous est impossible de ne pas avoir pour lui quelque partialité.
C'était un beau temps que celui-là ! Un temps de

6

lutte, de passion, d'enivrement et de fanatisme;
jamais la querelle littéraire ne fut débattue plus
vivement. Les représentations étaient de vraies
batailles rangées : on sifflait, on applaudissait
avec fureur; chaque vers était pris et repris, on
combattait des heures entière pour le moindre
hémistiche. Un jour, les romantiques emportaient *le vieillard stupide*; l'autre jour les classiques, que ce mot choquait particulièrement
comme une allusion personnelle, le reprenaient
à l'aide d'une supérieure artillerie de sifflets.
Nous avons assisté pour notre compte à plus de
quarante représentations consécutives d'*Hernani*;
nous allions là par bandes, tous fous de poésie,
d'amour de l'art, fanatiques comme des Turcs,
et prêts à tout faire pour notre Mahomet. Nous
entrions dès trois heures, nous attendions le
lever du rideau en nous récitant des tirades de
la pièce, que nous savions mieux que les
acteurs. C'était charmant! On demandait, par-ci
par-là, la tête de quelque académicien. Qui eût
dit alors que notre chef passerait à l'ennemi et
serait académicien lui-même! Et l'on battait un
peu les bourgeois, qui ne comprenaient pas.
Nous avions d'ailleurs la mine singulièrement
farouche avec nos barbes, nos moustaches, nos
royales, nos cheveux mérovingiens, nos cha-

peaux excessifs, nos gilets de couleur féroce.
Certes, tout cela peut sembler ridicule aujour-
d'hui ; mais c'était une belle chose que toute
cette jeunesse ardente, passionnée, combattant
pour la liberté de l'esprit, et introduisant de
force dans le temple de Melpomène la muse
moderne dont Victor Hugo était, à cette époque
le prêtre le plus fidèle ; une chose encore dis-
tingue cette époque : c'est l'absence d'envie
et de jalousie littéraires ; l'on s'aimait et l'on
s'admirait franchement : dès que l'on avait
fait une pièce de vers, ou un sonnet, on
courait les montrer aux camarades, on se féli-
citait, on se complimentait : et certes il y avait
de quoi, car la poésie, enterrée par les ver-
sifications de l'Empire, venait enfin de ressu-
sciter.

Nous avions raison, cependant, nous les jeunes
fous, les enragés qui faisions de si belles peurs
aux membres de l'Institut, tout inquiets dans
leurs stalles ; *Hernani* n'est interrompu aujourd'hui que par les applaudissements ; cette
passion si chaste et si dévouée, cette couleur
romanesque et sauvage, cette fierté héroïque et
castillane dont Victor Hugo semble avoir dérobé le secret à Corneille, tout cela a été compris et senti admirablement par cette même

foule qui repoussait autrefois le poète au nom
d'Aristote, qu'elle n'a jamais lu.

Mademoiselle Émilie Guyon, jeune et belle
personne que le public avait déjà eu occasion
d'applaudir dans la *Fille du Ciel*, de M. Casimir
Delavigne, débutait par le rôle de doña Sol où
Mademoiselle Mars et Madame Dorval avaient
déjà montré un talent si brillant et si divers;
elle a bien compris la physionomie de cette
figure profondément espagnole, passionnément
calme, hautaine, et douce, fière et tendre à la
fois, qui s'honore de l'amour d'un banni et s'of-
fense du caprice d'un roi. Son costume de
velours, noir et or, semble dérobé à un portrait
de Zurbaran et lui sied à ravir. Beauvallet,
qui manque peut-être de suavité dans les portions amoureuses de son rôle, a parfaitement
rendu l'âpre mélancolie, la majesté sauvage et
l'allure romanesque du chef de montagnards : il
est, sous ce rapport, bien supérieur à Firmin.
Guyon n'a qu'un défaut dans le Ruy Gomez de
Silva, c'est qu'il est trop vert encore sous ses
cheveux blancs, sa belle voix, sonore et vibrante
comme un timbre de cuivre, a de la peine à
imiter le chevrotement de la sénilité. A part ce
défaut que nous lui pardonnons bien volontiers,
et dont il n'est pas responsable, il a été simple,

majestueux, et bon... Quant à Ligier, c'est un
tragédien d'un grand talent sans doute, mais il
nous est impossible de le prendre, ne fût-ce
qu'un instant, pour le jeune roi don Carlos, avec
sa barbe rousse et sa lèvre autrichienne.

X

REPRISE D'HERNANI

.12 février 1844.

On a repris cette semaine *Hernani* à la Comédie-Française. Le chef-d'œuvre du maître, cet admirable poème dramatique interprété par Ligier, Guyon, Beauvallet et Madame Mélingue qui prenait possession du rôle de doña Sol, a été accueilli, nous ne dirons pas seulement avec attention et respect, mais avec le plus vif enthousiasme. Pour ceux qui comme nous ont assisté aux luttes des premières représentations, où chaque mot soulevait une tempête, où chaque vers était disputé pied à pied, c'est à

coup sûr une chose merveilleuse que de voir
aujourd'hui toutes les pensées, toutes les inten-
tions du poète unanimement comprises et
applaudies. Pourquoi donc, si ce n'est sous
prétexte de longueurs, Messieurs les comédiens
ont-ils cru devoir écourter la magnifique apostrophe de don Ruy Gomez, au premier acte la
scène des tableaux, le monologue de Charles-
Quint, etc. ? Ne serait-ce pas, au contraire, le
moment de rétablir le texte primitif, de jouer la
pièce telle que l'auteur l'avait d'abord conçue
et qu'elle se trouve imprimée dans la *Bibliothèque Charpentier?* Les tragédies classiques
nous amusent médiocrement, on le sait ; à notre
avis, les plus courtes sont les meilleures, mais,
lorsqu'on fait tant que de les représenter, nous
les voulons entières, et toutes les modifications
qu'on s'aviserait d'y introduire au nom d'un
prétendu bon goût nous paraîtraient sacrilèges.
A plus forte raison devons-nous protester
contre les mutilations qu'on a fait subir à *Hernani.* La pièce est très bien jouée, du reste, par
Ligier, Guyon et Beauvallet, qui ont tort de
reculer devant certaines parties de leurs rôles ;
c'est vraiment trop modeste à eux. Madame Mélingue a parfaitement saisi le côté pathétique
du rôle de doña Sol ; le cinquième acte surtout

a été pour elle un triomphe; il lui a valu presque une ovation de la part des habitués de de l'orchestre, fort prévenus, comme on sait, contre tout ce qui vient du Boulevard. Encore quelques succès pareils, et Madame Mélingue aura, nous l'espérons, complètement lavé sa tache originelle.

XI

REPRISE D'HERNANI

10 mars 1845.

La reprise d'*Hernani* attire la foule au Théâ-tre-Français ; on écoute avec admiration, avec recueillement ce beau drame qui ressemble à une tragédie de Corneille non retouchée par MM. Andrieux ou Planat.

Quand on songe aux tumultes, aux cris, aux rages de toutes sortes soulevés par cette pièce, il y a dix ans, on est tout étonné que la postérité soit venue si vite pour elle ; on y assiste comme à un des chefs-d'œuvre de nos grands maîtres, et chaque spectateur achève lui-même le vers

commencé par l'acteur. Cet *Hernani*, si sauvage,
si féroce, si baroque, si extravagant, qui a fait
soupçonner M. Hugo de cannibalisme par les
bonnes têtes de l'époque, est aujourd'hui une
œuvre calme, sereine, se mouvant et planant
comme l'aigle des montagnes dans cette région
d'azur éternel et de neige immaculée que le
fumier et les brouillards ne peuvent atteindre.
On en met des morceaux dans les cours de littérature, et les jeunes gens en apprennent des
tirades pour se former le goût. C'est maintenant
une pièce classique.

Une chose qui pourrait donner un nouvel
attrait à ces représentations, qui certes n'en ont
pas besoin, ce serait de jouer la pièce dans son
intégrité, telle que l'auteur l'a écrite. Le public
est assez mûr pour applaudir ce qu'il aurait sifflé
autrefois. Pourquoi ne restituerait-on pas au
rebelle Hernani quelques détails caractéristiques
effacés à regret par le poète? Pourquoi ne ren-
drait-on pas à don Carlos son sublime monologue et ces beaux vers qui n'ont jamais été pro-
noncés à la scène :

. . . .
Ce Corneille Agrippa pourtant en sait bien long !
Dans l'océan céleste il a vu treize étoiles
Vers la mienne, du Nord, venir à pleines voiles.

J'aurai l'empire, allons ! — Mais d'autre part on dit
Que l'abbé Jean Tritème à François l'a prédit,
J'aurais dû, pour mieux voir ma fortune éclaircie
Avec quelque armement aider la prophétie !
Toutes prédictions du sorcier le plus fin
Viennent bien mieux à terme et font meilleure fin,
Quand une bonne armée avec canons et piques,
Gens de pied, de cheval, fanfares et musiques,
Prête à montrer la route au sort qui veut broncher,
Leur sert de sage-femme et les fait accoucher.
Lequel vaut mieux : Corneille Agrippa ? Jean Tritème ?
Celui dont une armée explique le système,
Qui met un fer de lance au bout de ce qu'il dit,
Et compte maint soudard, lansquenet ou bandit
Dont l'estoc refaisant la fortune imparfaite
Taille l'événement au plaisir du prophète ?
— Pauvres fous qui, l'œil fier, le front haut, visent droit
A l'empire du monde, et disent : J'ai mon droit !
Ils ont force canons, rangés en longues files,
Dont le souffle embrasé ferait fondre des villes ;
Ils ont vaisseaux, soldats, chevaux, et vous croyez
Qu'ils vont marcher au but sur les peuples broyés ?
Baste ! au grand carrefour de la fortune humaine
Qui mieux encore qu'au trône à l'abîme nous mène,
A peine ils font trois pas, qu'indécis, incertains,
Tâchant en vain de lire au livre des destins,
Ou hésitent, peu sûrs d'eux-mêmes, et, dans le doute,
Au nécroman du coin vont demander leur route.

Des vers comme ceux-là ne peuvent faire longueur, comme on dit en argot dramatique. Il
serait temps de ne pas chercher au théâtre la
rapidité aux dépens de la poésie, du style, des

développements historiques et humains. En suivant ce système, on en arrive à faire des
pièces qui ne sont en quelque sorte que des
pantomimes, avec un mot'çà et là pour indiquer
le sujet de la scène.

Ce bel édifice poétique où les styles moresque,
gothique et de la Renaissance se fondent si heureusement, pourrait se montrer avec tous ses
ornements, toutes ses arabesques et tous ses
caprices. Nous sommes guéris heureusement de
cet amour excessif de la sobriété qui nous faisait
préférer les planches aux bas-reliefs ; il n'est
plus nécessaire de casser le nez des statues, et
les aiguilles des cathédrales.

Madame Mélingue joue doña Sol avec une
grande supériorité. C'est bien l'Espagnole ardente et contenue, la jeune fille et la grande dame
romanesque et sublime qui peut prendre un
bandit pour époux et refuser un roi pour amant.

Quant à Beauvallet, le rôle semble avoir été
fait tout exprès pour lui ; il y apporte cette
âpreté, cette énergie qui le caractérisent et qui
s'allient à une tendresse hautaine et grave, de
façon à former le plus parfait Hernani qu'on
puisse voir et entendre, car cette voix de cuivre
pourrait dominer le bruit des torrents, et jeter
l'appel du cor d'une montagne à l'autre.

Ligier n'a guère ce qu'il faut pour représenter un prince de vingt ans qui poussait le blond jusqu'au roux; mais au moins il dit avec intelligence et netteté.

Guyon, sans faire oublier Joanny dans ce rôle épique de Ruy Gomez de Silva, le joue cependant d'une manière satisfaisante; sa belle tête et sa voix forte composent un ensemble énergiquement mâle, tout à fait approprié au personnage.

Puisque M. Victor Hugo a renoncé au théâtre, à défaut de pièces nouvelles on devrait bien reprendre *Le Roi s'amuse*, un des plus beaux drames du poète, — qui n'a été joué qu'une fois; — l'interdiction serait facilement levée; et le Théâtre-Français pourrait compter sur une suite de représentations fructueuses.

XII

REPRISE D'HERNANI

8 novembre 1847.

L'on a repris *Hernani*, cette œuvre hardie, touffue et luxuriante de la jeunesse d'un grand poète. Maintenant, les orages soulevés par la haine, l'envie et la médiocrité, se sont apaisés. L'on apporte à cette belle pièce, cousine germaine du *Cid*, l'admiration sereine et tranquille qu'inspire la contemplation des chefs-d'œuvre classiques ; ces nobles alexandrins à l'allure cornélienne, ces sentiments chevaleresques, cette folie du point d'honneur, si profondément espagnole, cette poésie nerveuse et colorée dont

l'auteur semble avoir dérobé le secret aux
auteurs inconnus du Romancero, sont écoutés
avec une attention respectueuse. Qu'ils sont loin
les jours de bataille où chaque hémistiche était
pris et repris par les écoles rivales, au milieu
du vacarme le plus étourdissant. Quels cris!
quels tumultes! lorsque Don Carlos, au lieu de
demander, selon le style alors généralement
employé :

> En quel point de l'émail pose le pied de l'heure ?

dit, avec une crudité féroce, une barbarie sanglante :

> Quelle heure est-il ?

Et que Ricard lui répond tout sauvagement :

> Minuit !

et non pas, comme il en avait le droit :

> Dans sa fuite, il atteint la douzième demeure.

Quelle étrange chose, que les destinées littéraires! Le principal reproche que l'on faisait en
ce temps-là à Victor Hugo, c'était de ne pas
savoir le français : on le traitait de Goth, d'Os-
trogoth, de Visigoth, de Huron, de Malgache et
d'Uscoque, et maintenant il est reconnu non

seulement pour un grand poète, mais encore
pour un grammairien de première force, un
linguiste consommé, un lexicographe profond.
L'Académie le consulte pour son Dictionnaire,
dans les cas embarrassants.

Nous ne trouvons pas que les acteurs jouent
cette pièce avec le sentiment poétique qu'y
apportèrent les créateurs des rôles principaux,
Firmin, Joanny et Michelot surtout. Le retour
de la tragédie a peut-être un peu gâté les caractères français d'aujourd'hui. Ils négligent les
nuances délicates pour la sonorité des vers. Ils
mènent les alexandrins de Victor Hugo deux
par deux, comme si c'étaient « des vers classiques ou des bœufs ». Il faut beaucoup d'oreille
pour comprendre l'harmonie des vers à enjambement ou à césure déplacée. Nous voudrions
qu'on fît un cours de prosodie pour les acteurs, et
qu'on leur apprît même à faire des vers français. On nous dira que plusieurs d'entre eux
savent en faire... Aussi, parlons-nous surtout
pour ceux-là.

XIII

A PROPOS

D'HERNANI AU THÉATRE-ITALIEN

5 décembre 1854.

Le nom d'Hernani réveille en nous un de nos
plus vifs souvenirs de jeunesse. Munis du billet
rouge timbré de la symbolique devise « Hierro »,
nous avions pris notre place, dans la salle, dès
trois heures, prêts à soutenir la grande lutte
contre les classiques et les bourgeois, et nous
montâmes à l'assaut du succès avec les jeunes
bandes romantiques, enfants perdus de la sainte
cause de l'Art. Encore aujourd'hui, nous récite-
rions des tirades entières de la pièce, et, malgré

7.

nous, sous les chants de Verdi, nous murmurons les vers de Victor Hugo; ce qui est un double plaisir, partagé sans doute par beaucoup de personnes.

XIV

LA REPRISE D'HERNANI

21 juin 1867.

Il y a trente-sept ans que, grâce au carré de papier rouge égratigné de la griffe *Hierro*, nous entrions au Théâtre-Français bien avant l'heure de la représentation, en compagnie de jeunes poètes, de jeunes peintres, de jeunes sculpteurs, — tout le monde était jeune alors! — enthousiastes, pleins de foi et résolus à vaincre ou mourir dans la grande bataille littéraire qui allait se livrer. C'était le 25 février 1830, le jour d'*Hernani*, une date qu'aucun romantique n'a oubliée, et dont les classiques se souviennent peut-être, car la lutte fut acharnée de part et d'autre. Beaux temps où les choses de l'intelligence passionnaient à ce point la foule!

Notre émotion n'a pas été moindre jeudi dernier. Trente-sept ans! c'est plus de deux fois ce que Tacite appelle « un grand espace de la vie humaine ». Hélas! des anciennes phalanges romantiques, il ne reste que bien peu de combattants; mais tous ceux qui ont survécu étaient là, et nous les reconnaissions dans leur stalle ou dans leur loge avec un plaisir mélancolique en songeant aux bons compagnons disparus à tout jamais. Du reste, *Hernani* n'a plus besoin de sa vieille bande, personne ne songe à l'attaquer. Le public a fait comme don Carlos, il a pardonné au rebelle, et lui a rendu tous ses titres. Hernani est maintenant Jean d'Aragon, grand maître d'Avis, duc de Segorbe et duc de Cardoña, marquis de Monroy, comte Albatera, et les bras de doña Sol se rejoignent autour de son cou sur l'ordre de la Toison d'or. Sans le pacte imprudent conclu avec Ruy Gomez, il serait parfaitement heureux.

Autrefois ce n'était pas ainsi, et chaque soir Hernani était obligé de sonner du cor pour rassembler ses éperviers de montagne, qui parfois emportaient dans leurs serres quelque bonne perruque classique en signe de triomphe. Certains vers étaient pris et repris comme des redoutes disputées par chaque armée avec une opiniâtreté égale. Un jour les romantiques enlevaient une tirade que l'ennemi reprenait le lendemain, et dont il fallait le déloger. Quel vacarme! quels cris! quelles huées! quels sifflets! quels ouragans de bravos! quels tonnerres d'applaudissements! Les chefs de parti s'injuriaient comme les héros d'Homère avant d'en venir aux mains, et quelquefois, il faut le dire, ils n'étaient guère plus polis qu'Achille et qu'Agamemnon. Mais les paroles ailées s'envolaient au cintre, et l'attention revenait bien vite à la scène.

On sortait de là brisé, haletant, joyeux quand la soirée avait été bonne, invectivant les philistins quand elle avait été mauvaise; et les échos nocturnes, jusqu'à ce que chacun fût rentré chez soi, répétaient des fragments du monologue d'Hernani ou de don Carlos, car nous savions tous la pièce par cœur, et aujourd'hui nous-même la soufflerions au besoin.

Pour cette génération, *Hernani* a été ce que fut le *Cid* pour les contemporains de Corneille. Tout ce qui était jeune, vaillant, amoureux, poétique en reçut le souffle. Ces belles exagé-

rations héroïques et castillanes, cette superbe
emphase espagnole, ce langage si fier et si hautain dans sa familiarité, ces images d'une étrangeté éblouissante, nous jetaient comme en
extase et nous enivraient de leur poésie capi-
teuse. Le charme dure encore pour ceux qui
furent alors captivés. Certes l'auteur d'*Hernani*
a fait des pièces aussi belles, plus complètes et
plus dramatiques que celle-là peut-être, mais
nulle n'exerça sur nous une pareille fascination.

Dix ans plus tard, nous venions d'entrer en
Espagne, le pays où nous avons nos châteaux ;
nous parcourions la route entre Irun et Tolosa,
lorsqu'à un relai de poste un nom magique pour
nous fit vibrer jusqu'au fond de notre cœur
notre fibre romantique. Le bourg où l'on s'arrê-
tait s'appelait « Hernani ». C'était une surprise
pareille à celle qu'on éprouverait en entendant
donner à un lieu réel un nom des pièces de
Shakespeare. Le bourg était d'ailleurs bien digne
du titre célèbre qu'il portait. Ses maisons de
pierre grise, aux portes étoilées de gros clous,
aux fenêtres grillées de serrureries touffues, aux
toits fortements projetés, historiées de grands
blasons sculptés, à lambrequins énormes et à
supports bizarres qu'accompagnaient de graves
légendes castillanes où parlaient en quelques

mots l'honneur, la foi et la fierté, convenaient
admirablement, chose rare, au souvenir évoqué.
- A chaque instant nous nous attendions à voir
déboucher par une ruelle Hernani en personne
avec sa cuirasse de cuir, son ceinturon à boucle
de cuivre, son pantalon gris, ses alpargatas,
son manteau brun, son chapeau à larges bords,
armé de son épée et de sa dague, et portant à
une ganse verte son cor aussi connu que celui
de Roland. Sans doute le poète, dont l'enfance
s'est passée au collège noble de Madrid, a traversé ce bourg, et, ce nom sonore et bien fait
lui étant resté dans quelque recoin de sa mémoire, il en a baptisé plus tard le héros de son
drame.

Mais nous voilà comme Nestor, le bon chevalier de Gerennia, dont nous n'avons cependant pas encore l'âge, occupé à raconter des histoires et à dire aux hommes d'aujourd'hui ce
qu'étaient les hommes d'autrefois. Laissons,
comme il convient, le passé pour le présent, et
revenons à la représentation de jeudi. La salle
n'était pas moins remplie ni moins animée que
le 25 février 1830 ; mais il n'y avait plus d'antagonisme classique et romantique. Les deux
camps s'étaient fondus en un seul, battant des
mains avec un ensemble que ne troublait plus

aucune discordance. Les passages qui jadis pro-
voquaient des luttes étaient, nuance délicate,
particulièrement applaudis, comme si l'on voulait dédommager le poète d'une antique injus-
tice. Les années se sont écoulées, et l'éducation
du public s'est faite insensiblement; ce qui le
révoltait naguère lui semble tout simple. Les
prétendus défauts se transforment en beautés,
et tel s'étonne de pleurer là où il riait, et de
s'enthousiasmer à l'endroit qu'il sifflait. Le
prophète n'est pas allé à la montagne, mais la
montagne est allée au prophète, contrairement
à la légende de l'Islam.

L'œuvre elle-même a gagné avec le temps
une magnifique patine; comme sous un vernis
d'or qui adoucit et qui réchauffe en même
temps, les couleurs violentes se sont calmées,
les âpretés de touche, les férocités d'empâte-
ment ont disparu ; le tableau a la richesse grave,
l'autorité et la largeur de pinceau d'un de ces
portraits où Titien, le peintre de Charles-Quint,
représentait quelque haut personnage avec son
blason dans le coin de la toile.

Dans la préface de sa pièce, l'auteur disait en
parlant de lui-même : « Il n'ose se flatter que
tout le monde ait compris du premier coup ce
drame dont le *Romancero general* est la véritable

clef. Il prierait volontiers les personnes que cet ouvrage a pu choquer, de relire *Le Cid, Don Sanche, Nicomède*, ou plutôt tout Corneille et tout Molière, ces grands et admirables poètes. Cette lecture, si pourtant elles veulent bien faire d'abord la part de l'immense infériorité de l'auteur d'*Hernani*, les rendra peut-être moins sévères pour certaines choses qui ont pu les blesser dans le fond ou la forme de ce drame ».

Dans ces quelques lignes se trouve le secret du style romantique qui procède de Corneille, de Molière et de Saint-Simon, en y ajoutant pour les images quelques nuances de Shakespeare. Racine seul paraît classique aux délicats qui, au fond, n'aiment guère les mâles poètes et le vigoureux prosateur que nous venons de citer. C'est cette veine de langage qui leur déplaît dans les poètes modernes, en général, et chez Hugo en particulier.

C'est un bien vif plaisir de voir, après tant de mélodrames et de vaudevilles, cette œuvre de génie avec ses personnages plus grands que nature, ses passions gigantesques, son lyrisme effréné et son action qui semble une légende du *Romancero* mise au théâtre comme l'a été celle du Cid Campéador, et surtout d'entendre ces beaux vers colorés, si poétiques, si fermes et si souples à la fois, se prêtant à la rapidité familière du dialogue où les répliques s'entrecroisent comme des lames et semblent jeter des étincelles, et planant avec des ailes d'aigle ou de colombe aux moments de rêverie et d'amour.

Dans le grand monologue de don Carlos devant le tombeau de Charlemagne, il nous semblait monter par un escalier dont chaque marche était un vers, au sommet d'une flèche de cathédrale, d'où le monde nous apparaissait comme dans la gravure sur bois d'une cosmographie gothique, avec des clochers pointus, des tours crénelées, des toits à découpure, des palais, des enceintes de jardins, des remparts en zigzag, des bombardes sur leurs affûts, des tire-bouchons de fumée, et tout au fond un immense fourmillement de peuple. Le poète excelle dans ces vues prises de haut sur les idées, la configuration ou la politique d'un temps.

La pièce qui portait ce sous-titre : *Hernani* ou *L'Honneur castillan*, a pour fatalité *el pundonor*, cette *ananké* de tant de comédies espagnoles ; Jean d'Aragon y obéit, mais ce n'est pas sans regret ; la vie lui est si douce quand sonne le rappel du serment oublié, et il suit Doña Sol dans la mort, plutôt qu'il ne tient sa promesse.

Mais voilà que l'habitude de l'analyse nous emporte, et que nous racontons *Hernani*.

On nous demandera sans doute si d'origine l'exécution de la pièce était supérieure à celle d'aujourd'hui ; à l'exception du vieux Joanny, les acteurs qui créèrent les rôles étaient peu sympathiques au nouveau genre, et jouaient loyalement à coup sûr, mais sans grande conviction ; Firmin donnait à Hernani cette trépidation fiévreuse qui, chez lui, simulait la chaleur ; Michelot était un don Carlos assez médiocre, dont les coupes du vers moderne embarrassaient la diction ; Mademoiselle Mars ne pouvait prêter à la fière et passionnée doña Sol qu'un talent sobre et fin, préoccupé des convenances, plus fait d'ailleurs pour la comédie que pour le drame. Seul Joanny réalisait l'idéal de Ruy Gomez de Silva. Il était enchanté de son rôle et il y croyait absolument. Sa main mutilée à la guerre lui donnait l'air d'un héros en retraite, et il disait superbement ce vers :

Essaye à soixante ans ton harnais de bataille.

Delaunay a joué Hernani avec une rare intelligence et il est difficile de lutter plus habilement contre une physionomie qui est naturellement charmante et qui, pendant quatre actes du drame, doit être sinistre, orageuse et fatale. Mais au dénouement, quand le bandit redevenu grand seigneur a dépouillé ses guenilles de *salteador*, Delaunay, rentré dans son milieu de grâce et d'élégance, joue admirablement la scène d'amour et d'agonie. Ruy Gomez, « le vieillard stupide », est représenté par Maubant avec une dignité, une mélancolie et un sentiment de la vie féodale qu'on ne saurait trop louer; il a dit de la façon la plus noble, la plus paternelle et la plus touchante, la déclaration d'amour du bon vieux duc. Bressant a derrière les portraits historiques de Charles-Quint retrouvé un Don Carlos jeune, brave et galant avec une légère barbe dorée admirablement réussie. Il a bien dit le grand monologue. Quant à Mademoiselle Favart, elle est la véritable doña Sol : hautaine et soumise à la fois, faisant plier sa fierté devant l'amour et se révoltant contre la galanterie; aventureuse et fidèle comme une héroïne de Shakespeare, elle a, au dernier acte, une agonie digne de Rachel.

XV

LETTRE A SAINTE-BEUVE

« Mon cher maitre,

« Je n'appartiens pas au parapluie élégant égaré dans votre charmant ermitage. J'ai gardé de mes jeunes années de romantisme une horreur sacrée pour ce meuble bourgeois.

« Hernani n'avait pas de parapluie, puisque Doña Sol lui dit :

... Jésus ! Votre manteau ruisselle !

« Et je me suis toujours conformé aux opinions du héros castillan, en matière de riflard.

« Agréez l'expression bien sincère de ma respectueuse et cordiale sympathie.

« THÉOPHILE GAUTIER. »

*

* *

Écrit à propos de la représentation sur le théâtre du comte de Castellane, les 4 et 5 avril 1837, d'une comédie de Madame Sophie Gay : La Veuve du Tanneur :

« Parmi les illustrations littéraires on remarquait M. Alexandre Duval, ce bon vieillard qui offrit si naïvement à Victor Hugo de lui faire la charpente de ses pièces, et qui a cause de son grand âge jouit du privilège d'être assis avec les femmes. »

XVI

PROSPECTUS POUR NOTRE-DAME DE PARIS

Août-septembre 1835.

Notre-Dame de Paris est un livre qui n'a plus besoin d'éloges; ses nombreuses éditions le louent mieux que nous ne pourrions le faire; elles se sont succédé avec une prodigieuse rapidité, et n'ont pas suffi à l'empressement du public. C'est à coup sûr le roman le plus populaire de l'époque : son succès a été complet. Artistes et gens du monde se sont réunis dans la même admiration ; les critiques les plus hostiles eux-mêmes n'ont pu s'empêcher de joindre leurs applaudissements à l'applaudis-

sement général ; et s'il était permis de donner
une limite à un génie dans toute sa force et de
tant d'avenir, on pourrait croire que *Notre-Dame
de Paris* est et demeurera le plus bel ouvrage
du poète.

C'est une vraie Iliade, que ce roman. Variété
de physionomies, exactitude de costume, mira-
culeux artifices de description, haute et sublime
éloquence, comique vrai et irrésistible, grandes
vues historiques, intrigue souple et forte, sentiment profond de l'art, science de bénédictin,
verve de poète, tout se trouve dans cette épopée
en prose qui, si M. Victor Hugo n'eût pas été
déjà vingt fois célèbre, eût rendu à elle seule
son nom à tout jamais illustre.

Byron, celui de tous les poètes qui a créé les
plus charmantes idéalités féminines, n'a rien
à opposer à la divine Esmeralda ; Gulnare,
Medora, Haydée sont aussi belles, mais pas plus,
et elles sont moins touchantes.

Maturin n'eût pas dessiné avec moins d'énergie
la sombre figure de Claude Frollo, dévoré par
sa soif de science qui se change en soif d'amour.

Le Phœbus de Chateaupers a aussi bonne
grâce sous son harnais que ces beaux jeunes
gens souriants et basanés, tout habillés de
velours, qui se pavanent dans les toiles de

Paul Veronèse avec un oiseau sur le poing ou
un levrier en laisse. Sa bonhomie insouciante
et brutale est peinte de main de maître. C'est la
vie et la vérité mêmes.

Qui n'a ri de tout son cœur aux angoisses du
péripatéticien Gringoire, avec son pourpoint
qui montre les dents, ses souliers, qui tirent la
langue et sa faim toujours inassouvie? Les
poètes à jeun de Régnier ne sont pas dessinés
d'un crayon plus franc et plus vif.

Et Quasimodo, ce monstrueux escargot dont
Notre-Dame est la coquille! Qui n'a admiré son
dévouement de chien et ses vertus d'ange dans
un corps de diable? Qui n'en a pas voulu un
peu à la Esmeralda de ne pas l'aimer malgré
sa double bosse, son œil crevé, sa jambe
cagneuse et sa défense de sanglier? Qui n'a pas
pleuré sur la pauvre Chantefleurie? Sur quel
fond magnifique se détachent ces figures
devenues des types! Tout le vieux Paris: églises,
palais, bastilles, le retrait de Louis XI et la
Cour des Miracles; une ville morte déterrée et
ressuscitée; un Pompéi gothique retiré des
fouilles; deux mille in-folio compulsés, une
érudition à effrayer un Allemand du moyen âge,
acquise tout exprès! Et sur tout cela un style
éclatant et splendide de granit et de bronze,

aussi indestructible que la cathédrale qu'il célèbre.

Notre-Dame de Paris est dès aujourd'hui un livre classique.

C'est à de tels livres que doit être réservé le luxe des illustrations, la beauté du papier et des caractères, et non à d'autres.

Cette édition, en trois volumes in-octavo, tirée à onze mille exemplaires et publiée par livraisons de cinquante centimes, tous les samedis, sera illustrée de douze vignettes des meilleurs artistes anglais et français, et le burin de Finden y luttera de vigueur et de grâce avec le pinceau des Boulanger, des Johannot, des Raffet, etc. Les vignettes vaudront les pages auxquelles elles correspondent, et ce n'est pas peu dire.

XVII

UN DRAME TIRÉ
« DE NOTRE-DAME DE PARIS »

Avril 1850.

Notre-Dame de Paris est dans l'œuvre de Victor Hugo comme la cathédrale elle-même dans la ville : un monument haut et sombre que l'on aperçoit de tous les points de l'horizon. Autour se pressent les constructions les plus variées : palais, maisons, tourelles de style différent et de mérite égal, qu'on visite et qu'on admire; mais toujours, au bord de quelque perspective subite, se dressent les deux grandes tours s'élevant vers le ciel comme les deux bras d'un géant de pierre.

Nous ne reviendrons pas sur cette merveilleuse épopée; œuvre immense et touffue, et qui, bonheur singulier, a pu devenir populaire en restant dans les conditions de l'art le plus fantasque, le plus capricieux et le plus exigeant; jamais livre n'eut un succès pareil : aux éditions épuisées succèdent les nouvelles éditions de tous formats et de tous prix.

M. Paul Fouché a extrait le drame que contient le roman avec cette habitude de la scène qu'il possède, les acteurs sont entrés dans la peau et le costume des personnages, les décorateurs ont traduit les descriptions aussi littéralement qu'une brosse peut interpréter la plume d'un grand poète; les chapitres ont fait les tableaux, et tout le côté pittoresque du livre a été transporté au théâtre avec un art merveilleux. La dernière décoration que représente « Paris à vol d'oiseau », est la meilleure illustration qu'on puisse faire des magnifiques pages qu'il retrace. Saint-Ernest, qui représente le pauvre Quasimodo, est arrivé à une puissance de laideur inimaginable; il a tout à fait l'air « d'un cauchemar à cheval sur une cloche », Phœbus de Chateaupers ne désavouerait pas la grâce solda-

tesque et la haute mine de Fechter, Arnauld a
donné à Claude Frollo l'aspect sombre, ardent
et ravagé du prêtre alchimiste oubliant toutes
les sciences pour l'amour. Chilley est un Gringoire excellent, et Madame Naptal-Arnault a
joué le rôle de l'Esmeralda avec une grâce et une
sensibilité exquises.

N'oublions pas de mentionner une ronde de
truands, mise en musique par M. Artus et qui a
beaucoup d'entrain et de caractère.

Quasimodo jettera deux cents fois de suite
Claude Frollo du haut des tours Notre-Dame,
devant un public émerveillé et nombreux.

XVIII

ANGELO

5 juillet 1835.

Pour les dramaturges ordinaires il n'est besoin que d'une seule représentation. Ce qu'ils ont voulu faire, c'est occuper la scène pendant trois ou quatre heures et réunir dans un rôle composé *ad hoc* tous les mots à effet d'un acteur en vogue; c'est fournir à une actrice un prétexte de changer plusieurs fois de toilette : d'avoir au premier acte une robe de satin blanc broché, au deuxième une autre de velours noir et au troisième le peignoir obligé d'organdi ou de mousseline avec lequel on peut se rouler passionné-

ment par terre, sans que la crainte d'y faire un
accroc ou une tache d'huile ne vienne vous
préoccuper au milieu d'une convulsion dramatique ; beaucoup de pièces n'ont été fabriquées
que pour donner à Mademoiselle telle ou telle
l'occasion de paraître avec tous ses diamants.
Le satin éraillé, le velours rompu à ses plis, les
diamants resserrés dans l'écrin, la pièce s'enfonce au plus profond du noir Léthé, tout le
monde l'oublie, jusqu'à l'auteur lui-même qui la
refait six mois après, mais sans que lui ou le
public s'en aperçoive. Il est vrai que dans celle-ci
la jupe de la diva est de brocart à fleurs d'or,
qu'elle a des plumes au lieu d'être en turban, ce
qui différencie considérablement le caractère et
fait de la vieille pièce une pièce toute neuve.

A ces gens-là, il suffit d'une petite colonne
de prose taillée à la hâte avec le nom et la date
au bas, pour marquer dans le vaste cimetière
dramatique du siècle la place précise où est
enterré chacun de leurs avortons. Mais avec
M. Hugo on ne peut pas se permettre d'en agir
de la sorte.

De tout drame de M. Hugo il reste un beau
livre; tout n'est pas dit quand la toile a été
baissée et l'actrice redemandée; ce qui est
important pour les autres n'est qu'un détail

pour lui. La pièce a soixante représentations comme *Hernani*, ou n'en a qu'une comme *Le Roi s'amuse*, qu'importe? Cela importe si peu que c'est une chose reconnue maintenant de tout le monde que ce même *Roi s'amuse*, si outrageusement sifflé, est la meilleure pièce de M. Hugo. Le lecteur a cassé le jugement du spectateur et le livre a corrigé le théâtre. Chaque individu de cette foule qui faisant ho! et ha! aux plus beaux endroits a applaudi séparément. Car le poète, face à face avec lui débarrassé des mille empêchements matériels, des faux-jours des quinquets, du nez de celui-ci, des jambes de celui-là, des gaucheries de mise en scène et de l'inintelligence de tous, s'emparait de lui et le pénétrait de son souffle, et l'emportait sur ses ailes puissantes bien au-dessus de la vieille salle des Français.

Angelo a eu une meilleure fortune au théâtre. Les drames ont leurs destins comme les livres. Il poursuit bravement sa marche triomphale à travers les préoccupations politiques les plus graves, et par une chaleur presque sénégambienne. Tous les jours, la queue s'allonge de quelques anneaux et elle balaye au loin les couloirs obscurs du Palais-Royal.

De l'intrigue de la pièce, nous n'en dirons

rien ; tout le monde la connaît; mais nous
entrerons dans quelques considérations d'art et
de style à propos du livre.

La cause de la réussite complète d'Angelo est
l'absence de lyrisme. Cela est honteux à dire
pour notre public, mais cela est ainsi. Une autre
cause de succès, aussi triste que celle-là, c'est
qu'*Angelo* est en prose. M. Hugo ayant résolu
de marcher et non de voler, pour que le parterre
ne le perdît pas de vue, a prudemment serré ses
talonnières dans son tiroir. Car les poètes sont
comme les hippogriffes, ils peuvent courir et
voler, tandis que les prosateurs, si envieux
qu'ils soient, ne peuvent que courir. Tout poète,
quand il voudra descendre à cette besogne, fera
de l'excellente prose ; jamais un prosateur-né,
fût-ce M. de Chateaubriand, ne fera de beaux
vers.

Nous avons dit que la pièce n'était pas lyrique.
Cependant l'aigle de M. Hugo donne de temps en
temps de grands coups d'ailes, et beaucoup de
phrases sont de véritables strophes d'ode.
Presque toutes ces phrases sont couvertes d'applaudissements, par une contradiction assez
singulière.

Le caractère de M. Hugo n'est ni anglais, ni
allemand, ni français ; il n'est pas profond et

humain comme Shakespeare, magnifiquement
placide et indifférent comme Gœthe, spirituel
et sensé comme Molière. Il est volontaire et
démesuré, il est espagnol et castillan. Il admire
bien Homère et la Bible si vous voulez, mais
soyez sûre qu'il donnerait l'un et l'autre pour le
Romancero.

C'est un génie de même trempe que celui du
vieux Corneille, orgueilleux et sauvagement
hérissé. Quoique de temps en temps il se
donne des grâces de lion, il fasse des coquet-
teries gigantesques, c'est un rude dessinateur,
capable de dire comme Michel-Ange que la peinture à l'huile n'est bonne que pour les femmes
et pour les paresseux : il va tout droit au nerf, le
dégage des chairs et le fait saillir avec une
vigueur prodigieuse. On prendrait certaines
phrases de M. Hugo pour ces figures qui sont
dans les encoignures et les pendentifs de la Six-
tine et dont les muscles adducteurs et extenseurs
sont également boursouflés ; mais la boursouflure de son style est comme celle des hommes
de Buonarotti, c'est une boursouflure de bronze.

Puget a dit que les blocs de marbre trem-
blaient comme la feuille lorsqu'ils le sentaient
approcher et qu'ils lui fondaient entre les mains
comme de la cire ; je crois qu'il en doit être

autant des blocs où le poète taille sa pensée. Il
me semble le voir avec son coin de fer faisant
sauter à droite et à gauche d'énormes callots,
sculptant plutôt à la hache qu'au ciseau,
ouvrant à grands coups de marteau la bouche
béante d'un masque tragique, et travaillant largement, robustement, sans petites finesses et
sans petites délicatesses, comme il sied à un
artiste primitif dont les figures doivent être
placées haut.

Au milieu de l'affaiblissement général où
nous vivons, dans ce siècle où rien n'a conservé
ses angles, une nature avec des arêtes aussi
vierges et aussi franches est une véritable merveille. Ce fier génie s'est trompé en naissant
aujourd'hui. Il aurait dû venir au seizième, un
peu avant l'apparition du *Cid*. Ce n'est pas qu'il
eût été plus grand, mais il eût été plus heureux.
En ce temps, il n'aurait vu ni le Panthéon, ni
la Bourse; il eût été peintre, sculpteur, architecte, ingénieur et poète comme le Vinci,
comme Benvenuto, comme Buonarotti, comme
tous les autres, car c'est un génie essentiellement plastique, amoureux et curieux de la
forme, ainsi que tout véritable jeune. La forme,
quoi qu'on ait dit, est tout. Jamais on n'a pensé
qu'une carrière de pierre fût artiste de génie;

l'important est la façon que l'on donne à cette pierre, car autrement, où serait la différence d'un bloc et d'une statue! Où serait la différence de Victor Ducange à Victor Hugo?

Le monde est la carrière, l'idée le bloc, et le poëte le sculpteur. Sait-il son métier, ou ne le sait-il pas? Voilà la question!

Angelo est un drame dont le tragique ressort plutôt du choc des situations que du développement d'une passion première. Il est de la famille de *Cymbeline*, de *Mesure par mesure* et *Troïlus et Cressida*, ces pièces romanesques de Shakespeare qui reposent sur des aventures et non sur des généralités, sont le seul drame possible dans une civilisation aussi décuplée que la nôtre ; on ne peut guère plus faire de comédie sur un péché capital ou sur un caractère, ce qui est la même chose, car les physionomies se dessinent au moyen des ombres, et rien ne fût moins dramatique au monde que les gens vertueux.

On a fait *l'Avare*, *l'Hypocrite*, *le Menteur*, *le Jaloux*, *le Méchant*, *le Misanthrope*, etc. Ce sont choses sur quoi on ne peut plus revenir, et l'on aurait aussi mauvaise grâce à retoucher *Othello* que *Tartufe* : les passions et les défauts de l'homme ne sont pas inépuisables, et ne peuvent donner lieu qu'à un certain nombre de

combinaisons qui ont été déjà reproduites mille
fois. Reste donc l'aventure, le roman, le caprice,
la fantaisie curieuse de style, car le drame de
passion, la comédie de mœurs, aujourd'hui qu'il
n'y a plus ni passions ni mœurs, ne peuvent
intéresser ni amuser personne.

La science est malheureusement trop répandue pour qu'un drame historique puisse avoir
le moindre succès : c'est ce que M. Victor Hugo
a très bien compris. Le plus grand moyen de
réussite au théâtre est la surprise, et où peut être
la surprise dans un drame historique ? Comment
trembler pour tel ou tel héros, lorsqu'on sait
qu'il est mort trente ans plus tôt dans son lit,
après avoir fait son testament et reçu l'extrême-
onction ? Comment s'intéresser au sort d'une
héroïne que l'on sait avoir été hydropique et
bossue ? M. Hugo ne prend de l'histoire que
les noms, du temps que les couleurs générales,
de pays que quelques traits de localité, pour en
faire un fond harmonieux à l'action qu'il veut
développer.

Peut-être ferait-il mieux encore de ne pas
mettre de noms du tout, et d'appeler ses personnages : le Duc, la Reine, le Prince, la Princesse,
et ainsi de suite ; j'aimerais autant pour ma part
les vieux noms consacrés de Silvio, de Léandre,

de Perside, de Graciosa, qui donnent aux pièces
où ils sont mêlés un air d'invraisemblance charmante. Cela aurait l'avantage ineffable de clore
la bouche à tous les savants critiques qui ne
manquent jamais, à chaque drame de M. Hugo,
de demander avec leur esprit ordinaire : « Voici
François Ier, mais où est Léonard de Vinci, où
est Luther, où est le pape, où est Caillette, où est
Charles-Quint, où sont tous les personnages qui
ont vécu en ce temps-là ? où est-il, lui-même, ce
beau seizième siècle? » Pardieu ! il est couché entre
le quinzième et le dix-septième, dans son linceul d'éternité, au plus profond du néant, dans
la vallée de Josaphat, où le Temps enterre les
siècles morts, de ses vieilles mains toujours jeunes ! Et je ne vois pas, parce qu'on parle d'un
personnage historique, où est la nécessité de
parler de tous les personnages historiques contemporains. Il n'est pas absolument indispen-
sable qu'un drame soit un autre dictionnaire
Moréri. Mais il faut bien que le critique montre qu'il a relu fraîchement son histoire et ses
chroniques.

Je trouve que les drames de M. Hugo sont suffisamment exacts. La scène est à Padoue, Fran-
cisco Donato étant doge. C'est bien. Elle serait
à Trébizonde sous le règne d'Hassan, deuxième

du nom, ce serait aussi bien. Avez-vous été ému, avez-vous pleuré, avez-vous frémi ? Tout est là !

Une qualité que M. Hugo porte à un degré aussi éminent qu'Anne Radcliffe et Maturin, c'est la terreur ténébreuse et architecturale, si on peut s'exprimer de la sorte. Le palais d'Angelo est une construction aussi effroyablement mystérieuse que le château d'Udolphe. Il a un autre palais inconnu à qui il sert de boîte extérieure et dont il n'est que l'enveloppe. Vous croyez que ceci est un mur, c'est un corridor. Voici un buffet d'un travail admirable, que les merveilleux artistes de la Renaissance ont ciselé à plaisir, c'est une porte. Des escaliers montent et descendent dans le noyau des colonnes, les boiseries entendent et parlent, la tapisserie a tremblé. Si Hamlet était là, ce ne serait ni un rat, ni un Polonius qui piquerait de son épée, mais quelque sbire armé d'un poignard. Que dis-je ? Hamlet ne serait pas si courageux à Padoue qu'à Elseneur, ou peut-être il n'oserait pas : « Il y a un couloir secret, perpétuel trahisseur de toutes les salles, de toutes les chambres, de toutes les alcôves, un corridor ténébreux dont d'autres que vous connaissent les portes et qu'on sent serpenter autour de soi sans savoir au juste où il est,

une sape mystérieuse où vont et viennent sans
cesse des hommes inconnus qui font quelque
chose. » La nuit on entend des pas dans le mur,
et l'on ne sait pas si l'un des beaux tableaux de
courtisanes nues peintes par Titien ne va pas
tourner sur lui-même, et donner passage à un
bravo qu'il faudra suivre dans quelque lieu profond et humide dont il ressortira seul.

Il y a toute sorte d'entrées masquées; de faus-
ses portes qui s'ouvrent avec de petites clés singulières. Ici il y a un bouton à presser, là une
trappe à lever. Piranèse, le grand Piranèse lui-
même, ce démon du cauchemar architectural,
lui qui sait arrondir des voûtes si noires, si
suantes, si prêtes à crouler, qui fait pousser dans
ses décombres des plantes qui ont l'air de ser-
pents, et qui tortille si hideusement les jambes
difformes de la mandragore entre les pierres
lézardées et les corniches disjointes, n'aurait pas,
dans son eau-forte la plus fiévreuse et la plus
surnaturelle, atteint à cette puissance de terreur
opaque et étouffante.

On tend des églises en noir, on chante un service, on lève une dalle dans un caveau, on
creuse une fosse pour une personne vivante.
Derrière ces beaux rideaux de brocart brodés
richement, à la place du lit il y a un billot de

bois grossier, une hache et un drap. Toutes les chambres ont l'air sinistre et inhabitable. La chambre même de la Tisbé a l'air d'une nef d'église abandonnée, et c'est en vain que cette draperie d'étoffe brochée rompt coquettement ses plis, et fait scintiller outre mesure ses filaments et ses fleurs d'or. C'est en vain que les masques de théâtre sourient tant qu'ils peuvent sur les fauteuils et le parquet. Les chaises ont beau faire, elles ressemblent à des prie-Dieu, et l'habit pailleté de la Rosemonde n'est autre chose que le suaire oublié par un fantôme. Les murs sont d'une couleur à ce que le sang n'y paraisse guère. On sent bien que quelqu'un doit mourir là. C'est une chambre délicieuse pour assassiner, et très logeable pour les morts.

Réellement, je ne crois pas que la Catarina soit sortie de là bien vivante, et je ne jurerais pas que la Tisbé, toute bonne fille qu'elle est, n'ait mêlé un peu du flacon noir avec le flacon blanc. Je conseillerais amicalement au Rodolfo de modérer sa joie.

Une scène d'espions a été retranchée tout entière, et sera rétablie à la reprise. Elle se passait dans une espèce de coupe-gorge ou d'hôtellerie douteuse pour laquelle on a craint la suscepti-

.bilité trop chatouilleuse des loges du Théâtre-
.Français.

Je ne sais pas trop jusqu'à quel point il est bon
de casser le nez ou les doigts aux bas-reliefs, et
d'ébarber une cathédrale de ses guivres et de ses
tarasques ; mais que voulez-vous ? en fait de
bas-reliefs le public aime mieux une planche ra-
botée. Une branche d'arbre coupée peut contri-
buer à rendre l'air d'un berceau plus pur, mais
elle fait une plaie au tronc de l'arbre, et y laisse
un écusson blanc, hideux à voir comme un
ulcère.

Je ne suis point de ceux qui croient qu'une
pensée peut être ôtée impunément d'une œuvre
quelconque. Vous avez une toile où il y a un
nœud, vous arrachez ce nœud, mais vous arrachez avec lui le fil auquel il tient, et vous faites
un vide dans toute la longueur de la trame : il
en est ainsi des pensées. Retranchez une phrase
au premier acte : vous en rendez trois autres
inintelligibles au second, six au troisième, et
ainsi de suite.

Toute œuvre naît complète, bien ou mal con-
formée, elle a la jambe fine, ou elle est boi-
teuse. C'est la chance ; mais couper la cuisse à
un pied bot ne me paraît pas un moyen de lui
faire une belle jambe.

Quant à la pièce de M. Hugo, elle a d'aussi
belles jambes que la Diane Chasseresse, et on ne
lui a retranché que quelques boucles de cheveux, qui voltigeaient trop capricieusement et
trop sauvagement sur ses blanches épaules,
pour être du goût des bourgeois bien cravatés de
la bonne ville de Paris ; et les précieuses boucles,
aussi fines et aussi déliées que la plus belle soie,
se retrouvent intactes entre les feuilles satinées
de la brochure.

XIX

MADEMOISELLE RACHEL DANS ANGELO

27 mai 1850.

Angelo est le seul drame en prose que Victor Hugo ait fait représenter au Théâtre-Français; mais une telle prose, si nette, si solide, si sculpturale, vaut le vers; elle en a l'éclat, la sonorité le rythme même; elle est tout aussi littéraire et difficile à écrire.

Nous croyons que jusqu'ici on n'a pas tiré de la prose, au théâtre, tous les effets qu'elle contient. Presque tous les chefs-d'œuvre de notre répertoire sont en vers, et les quelques exceptions que l'on citerait ne feraient que confirmer la règle.

Les pièces régulières de Molière, celles sur lesquelles il comptait, sont en vers : lorsqu'il emploie la prose, ce n'est que comme à regret et lorsqu'il est pressé par les ordres du roi.

Son *Festin de Pierre*, ou pour parler correctement, son *Convié de Pierre*, d'un si beau style pourtant, a été versifié après coup, par Thomas Corneille, et ce n'est que dans ces derniers temps qu'il a été restitué dans sa forme première; on a cru longtemps que la prose n'était pas quelque chose d'assez achevé, d'assez savant, d'assez poli pour être offert au public raffiné de la Comédie-Française.

Marivaux et Lesage, qui écrivirent en prose en furent moins prisés par les délicats d'alors, bien qu'ils vinssent à une époque relativement moderne. Beaumarchais fut le premier qui installa victorieusement la prose sur le théâtre habitué à la mélopée tragique et à l'éclat de rire scandé de la comédie, mais aussi quelle prose habile, travaillée, taillée à facettes, pleine de science et d'adresse féconde en ressources inattendues, en ruses acoustiques, en moyens de détacher la phrase, de faire scintiller le mot et aiguiser le trait, de produire des effets harmonieux ou saccadés! Cette science est poussée à un tel point que, dans certains passages, non seulement les résul-

tats du vers sont atteints, mais encore ceux de
la musique, comme dans la tirade de la calomnie,
par exemple, que Rossini n'a eu que la peine de
noter, en l'accentuant un peu, pour en faire un
air admirable. Beaumarchais va si loin qu'il se
sert de l'assonance et de l'alitération, et souvent
du vers blanc de huit pieds.

Une prose ainsi faite a toutes les qualités du
vers, avec plus d'aisance, de rapidité et de souplesse ; elle est peut-être le langage le plus accom-
modé au théâtre, où elle tiendrait la place entre
le vers et la langue vulgaire. Nous manquons
pour la scène, et c'est un malheur, du vers iam-
bique que possédaient les Grecs et les Latins.
Nous sommes obligés de nous servir du vers
héroïque. L'hexamètre ou alexandrin, pour lui
donner son nom moderne, quoique admirablement manié par de grands poètes et assoupli avec
une prodigieuse habileté métrique dans ces der-
nières années, garde toujours quelque chose de
redondant et d'emphatique. Sa césure mal placée
se fait trop sentir dans le débit, et gêne l'illusion. Nous ne voulons pas dire par là que ces
difficultés n'ont jamais été surmontées ; elles l'ont
été souvent, et de la manière la plus brillante.

Quand on est habile, on tire des accords mé-
lodieux d'un roseau, mais une flûte à plusieurs

clés ne gâte rien ; les Anglais et les Allemands ont
au théâtre une grande liberté métrique : Shakespeare part de la prose pour arriver, par le vers
blanc, au vers rimé. Les Espagnols ont le vers de
romance octosyllabe rapide chargé d'une légère
assonance, ne rimant pas quand il le veut et
pour produire un effet. La prose ainsi que l'ont
faite Beaumarchais et Victor Hugo, l'un pour la
comédie et l'autre pour le drame, nous paraît
parfaitement pouvoir remplacer cet iambe qui
nous fait faute. Cela ne veut pas dire que nous
proscrivions le vers de la scène : bien que l'ar-
rangement de la vie ait fait de nous un critique,
nous nous souvenons que nous sommes poète, et
ce n'est pas nous qui méconnaîtrons jamais le
charme et les droits de la poésie ; mais nous pensons que certains sujets peuvent être creusés
plus profondément en prose qu'en vers, et qu'un
autre ordre d'idées dramatiques s'exprimeraient
mieux par ce moyen.

Nous étions sûr que Mademoiselle Rachel
obtiendrait un immense succès dans la Tisbé, et
qu'elle serait parfaitement à l'aise avec ces lignes
aussi fermes que les alexandrins de Corneille.
Rien ne va mieux à son débit détaillé et savant,
à son accent profond, que ces phrases qui résonnent sur l'idée comme une armure d'airain sur

les épaules d'un guerrier, que ce style si arrêté,
si net et si magistral, qui vient en avant comme
un bas-relief taillé par le ciseau ; en jouant la
Tisbé, Mademoiselle Rachel s'est emparée du
drame comme elle s'est emparée de la tragédie.
Elle régnera désormais sans rivale sur l'empire
romantique, comme elle régnait naguère sur
l'empire classique.

Le rôle de Tisbé a été, comme chacun sait,
rempli, d'origine, par Mademoiselle Mars ; nous
n'en avons pas gardé un souvenir bien enthousiaste, le talent de Mademoiselle Mars, nous l'a-
vouons à notre honte, ne nous a jamais fait grande
impression dans ce rôle. Tout en rendant justice
à ses incontestables qualités, nous trouvons qu'elle
n'avait compris la Tisbé que très imparfaitement.
Mademoiselle Mars possédait au plus haut degré
la distinction bourgeoise et le bon ton vulgaire,
si ces mots ne souffrent pas d'être accouplés
ensemble. Elle n'avait pas cette distinction native
dont une duchesse peut manquer, et qui se trouve
quelquefois chez une bohémienne. Les grâces
étudiées, apprises, ne résultent pas d'un heureux naturel, mais bien d'une volonté patiente.
La préoccupation du comme-il-faut était visible
chez elle, comme chez une femme de banquier
dans une soirée aristocratique. Certes, il n'y avait

rien à reprendre ni dans la voix, ni dans le geste, mais ce n'était pas là la distinction aisée, naturelle, sûre d'elle-même et qui s'oublie sans cesser d'être. En un mot, elle manquait de race.

Le rôle de Tisbé l'effarouchait. Elle l'effaçait plutôt qu'elle ne le faisait ressortir. Elle en apprivoisait les sauvageries, croyant le rendre ainsi de bon goût. Elle faisait de Tisbé une dame, qu'on aurait pu présenter dans les salons, et qui n'y aurait pas été déplacée. Elle prosaïsait tant qu'elle pouvait, pour la rendre convenable, la fougueuse et fantasque comédienne. Tout le côté pittoresque du rôle avait disparu; le costume même, n'avait pas la fantaisie bizarre et la folle richesse caractéristique de la comédienne courtisane qui retient quelque chose à la ville de l'oripeau du théâtre, et en l'outrant se venge sur le luxe, de ce qu'il coûte de honte.

C'était quelque chose de décent et de sobre dans le style troubadour, des turbans et des toques, des jockeys aux manches, un costume avec lequel on eût pu aller en soirée.

Une grande qualité de Mademoiselle Rachel, est qu'elle réalise plastiquement l'idée de son rôle : dans *Phèdre*, c'est une princesse grecque des temps héroïques; dans *Angelo*, une courtisane italienne du xvıᵉ siècle, et cela d'une ma-

nière incontestable aux yeux. Personne ne s'y
trompera, les sculpteurs et les peintres ne feraient
pas mieux. Elle domine tout de suite le public
par cet aspect impérieusement vrai. Dans la tragédie, elle semble se détacher d'un bas-relief de
Phidias pour venir sur l'avant-scène : dans le
drame, on dirait qu'elle descend d'un cadre de
Bronzino ou du Titien. L'illusion est complète.
Avant d'être une grande actrice, elle est une
grande artiste. Sa beauté, dont les bourgeois ne
se rendent pas compte et qu'ils nient quelquefois
tout en en subissant l'empire, a une flexibilité
étonnante.

Tout à l'heure c'était un marbre pâle, maintenant c'est une chaude peinture vénitienne. Elle
s'est assortie au milieu dans lequel elle doit se
mouvoir. Quelle profonde harmonie entre cette
pâleur dorée, ces perles, ces passequilles, ces
sequins d'or, ces tapisseries de cuir de Cordoue,
ces boiseries de chêne! Comme c'est bien la
figure de cet intérieur, comme elle se détache
vigoureusement du fond! comme elle vit aisément dans ce siècle, et nous fait croire à la vérité
de l'action!

Il est impossible de rêver quelque chose de
plus radieux, de plus étincelant, d'une plus splendide indolence que la toilette de la Tisbé quand

elle traverse la fête, traînant en laisse le podestat
qui gronde et grogne comme un tigre dont le
belluaire tire trop vite la chaîne... C'est bien là
le luxe effréné de l'Italie artiste et courtisane de
ce temps où Titien peignait les maîtresses de
prince toutes nues, et où Véronèse inondait de
soie, de velours et de brocart d'or les blancs escaliers des terrasses.

De quel air gracieusement distrait elle écoute
les doléances du pauvre tyran, l'éloignant toujours du but où il veut revenir, et comme elle
détaille admirablement ce récit où elle raconte
comment sa mère, pauvre femme sans mari,
qui chantait des chansons morlaques sur les
places, a été délivrée, au moment où on
la conduisait à la potence pour avoir soi-disant
insulté, dans un couplet, la sacrissime république de Venise, par une gentille enfant qui a
demandé sa grâce! Quel sentiment! quelle
émotion sous ce débit rapide et négligé fait à
contre-cœur et par manière d'acquit à quelqu'un qui n'est pas capable de le comprendre! et
avec quelle aisance de comédienne et de grande
dame elle détourne les soupçons du tyran, et
comme elle le renvoie pour dire à Rodolfo
qu'elle l'aime! On n'est pas plus actrice et plus
femme.

Quelle grâce câline et indifférente à la fois pour ne pas trop marquer le but dans la scène de la clé et dans la grande querelle de la femme honnête et de la courtisane! Comme elle tient aux dents sa victime, comme elle la secoue, comme elle la cogne contre les murs; quelle fureur sauvage, quelle férocité implacable! c'est le sublime de l'ironie et de l'insulte : il semble que par la voix de l'actrice s'exhale toute la rancune longuement amassée d'une classe déshéritée et proscrite; que le paria femelle prend sa revanche en une fois contre les heureuses du monde, à qui la vertu est si facile et qui n'en cachent pas moins des amants sous le lit de l'époux! La race maudite relève son front et jouit superbement du droit de mépriser celle qui méprise, et d'outrager celle qui outrage ; c'est l'accusé jugeant le magistrat, le patient exécutant le bourreau, c'est tout cela avec plus de rage encore, c'est la courtisane piétinant l'honnête femme qui lui a pris son amant.

Nous n'avons jamais rien vu de plus grand, de plus sinistre, de plus terrible : c'était le même sentiment d'affreuse angoisse que l'on éprouverait à regarder tourner autour d'une gazelle effarée et tremblante une tigresse, les yeux enflammés et les ongles en arrêt. Mais

lorsqu'au crucifix elle reconnaît dans Catarina
la jeune fille qui a sauvé sa mère, comme sa
colère tombe! comme on la sent désarmée! Et
plus tard, quand elle comprend que Rodolfo
ne l'aime pas, ne l'a jamais aimée, comme elle
renonce à la vie et n'a plus d'autre ambition
que de lui faire dire quelquefois : La Tisbé, c'était
une bonne fille!

On peut affirmer hardiment que personne ne
jouera mieux la *Tisbé* que Mademoiselle Rachel ;
son cachet y est empreint d'une manière indélé-
bile. Ce rôle fait corps avec elle ; il lui appartient
comme elle lui appartient. Chaque actrice a
ainsi dans son répertoire un rôle qui la résume.
Mademoiselle Rachel en a deux : *Phèdre,* dans
la tragédie, *Tisbé* dans le drame. Quand on veut
voir tout ce qu'elle est, c'est là qu'il faut la voir.
Mademoiselle Rachel, maintenant qu'elle a mis le
pied sur le riche théâtre de Victor Hugo, devrait
penser à *Lucrèce Borgia* et à *Marie Tudor* qui
seraient pour elle l'occasion de triomphes non
moins éclatants. Le magnifique rôle de femme qui
se trouve dans *Warwick ou le Faiseur de rois,*
drame d'Auguste Vacquerie, récemment reçu
à la Comédie-Française, est aussi très bien coupé
à sa taille, et elle y sera superbe à coup sûr.

Maintenant, venons aux autres interprètes

11

du drame. Mademoiselle Rébecca, qui repré
sentait Catarina, jouée autrefois par Madame
Dorval, n'est pas restée au-dessous de son illustre
devancière. Cette jeune sœur de Rachel possède
un don précieux, le don des larmes ; elle en
verse, et en fait répandre, en dépit du paradoxe
de Diderot' sur le comédien, où il est dit que
pour faire éprouver il ne faut rien sentir. Jamais
sensibilité plus vraie, plus communicative, n'a
soulevé la poitrine d'une actrice. Elle s'est fait
admirer à côté de sa sœur ; l'étoile n'a pas été
éteinte par le rayonnement de l'astre : que dire
de plus ?

Maillard est élégant, passionné et fatal dans
le rôle de Rodolfo.

Beauvallet est toujours le plus redoutable
tyran de Padoue qu'on puisse voir et entendre.
Le personnage lui va si bien que ses défauts
mêmes y deviennent des qualités. Avec son
masque de marbre et sa voix de bronze il
représente admirablement la haine impassible et
froide ; on dirait la Fatalité qui marche.

XX

VICTOR HUGO DESSINATEUR

27 juin 1838.

M. Hugo n'est pas seulement un poète, c'est encore un peintre, mais un peintre que ne désavoueraient pas pour père Louis Boulanger, Camille Roqueplan et Paul Huet. Quand il voyage, il crayonne tout ce qui le frappe. Une arête de colline, une dentelure d'horizon, une forme bizarre de nuage, un détail curieux de porte ou de fenêtre, une tour ébréchée, un vieux beffroi : ce sont ses notes; puis le soir, à l'auberge, il retrace son trait à la plume, l'ombre le colore, y met des vigueurs, un effet toujours

hardiment choisi ; et le croquis informe poché à
la hâte sur le genou ou sur le fond du chapeau,
souvent à travers les cahots de la voiture ou le
roulis du bateau de passe, devient un dessin
assez semblable à une eau-forte, d'un caprice et
d'un ragoût à surprendre les artistes eux-
mêmes.

Le dessin que nous donnons au public est un
souvenir d'une tournée en Belgique, et porte,
écrit au revers : *Lière (?) 12 août : pluie fine.*

C'est une place d'architecture moitié Renaissance, moitié gothique, avec un effet de nuages
entassés les uns sur les autres, comme des
quartiers de montagnes, gros d'orage, et laissant
tomber de leurs flancs entr'ouverts quelques
filets de pluie, comme des carquois renversés
dont les traits se répandent.

Un beffroi d'une hauteur prodigieuse enfoui
dans la nue son front chargé d'une couronne de
clochetons et de tourelles en poivrière : une
girouette, représentant une comète avec sa
queue, palpite au souffle de l'orage sur la flèche
principale. L'action du vent se fait parfaitement
sentir par les lambeaux de nuées balayés tous
dans le même sens. Un rayon de soleil blafard
et fauve éclaire une partie du beffroi, dont les
détails d'architecture et d'ornement sont rendus

avec une finesse, un esprit, un pétillant et une
adresse admirables. Ce cadran, où les heures
sont ménagées en blanc sur le fond du papier,
a dû exiger, de la part du fougueux poète, bien
de la patience et des précautions. Au pied du
beffroi s'élève, sur des piliers massifs, une halle
bizarrement tigrée d'ombres noires, avec des
ardoises imbriquées en manière d'écailles de
poisson et de lucarnes à contrefort en volière.
Des jets vifs de lumière pétillent brusquement
entre les sombres colonnes, qui semblent dispo-
sées tout exprès pour cacher des Aubetta ou des
Omodei. Cette disposition est très pittoresque et
fournirait un beau motif de décoration. De charmantes maisons dans le goût espagnol gothique
et flamand, ciselées et travaillées comme des
bagues, occupent le fond de la place. On reconnaît facilement, dans ce dessin d'architecture,
la plume qui a tracé le chapitre de Paris à vol
d'oiseau (*Notre-Dame de Paris*).

Une charmante vue de Notre-Dame de Paris
prise du côté de la rivière par M. André Durand,
accompagne le beffroi de Lierre. Notre-Dame et
Victor Hugo sont maintenant inséparables.

XXI

PREMIÈRE DE RUY BLAS

(RENAISSANCE)

12 novembre 1838.

Jamais solennité littéraire n'a excité dans le public un intérêt aussi vif; car outre la première représentation de *Ruy Blas* il y avait la *première représentation* de la salle, et c'était ce soir-là que devait définitivement se juger la grande question de savoir si Frédérick parviendrait à dépouiller cette hideuse défroque de Robert Macaire, dont les lambeaux semblaient s'attacher à sa chair comme la tunique empoisonnée du centaure Nessus. Position étrange que celle d'un acteur qui ne peut se séparer de sa

création, et dont le masque gardé trop longtemps
finit par devenir la figure!

Ruy Blas — qu'une plume plus docte que la
nôtre a apprécié ce matin — *Ruy Blas*, disons-
nous a résolu le problème. Robert Macaire n'est
plus; de ce tas de haillons s'est élancé, comme
un dieu qui sort du tombeau, Frédérick, le
vrai Frédérick que vous savez, mélancolique,
passionné, le Frédérick plein de force et de
grandeur, qui sait trouver des larmes pour attendrir, des tonnerres pour menacer, qui a la voix,
le regard et le geste, le Frédérick de Faust, de
Rochester, de Richard Darlington et de Gennaro, le plus grand comédien et le plus grand
tragédien moderne. C'est un grand bonheur
pour l'art dramatique.

La salle est décorée avec une élégance et une
splendeur sans égales, dans le goût dit *Renaissance*, quoique certains ornements se rapportent
au commencement du règne de Louis XIV et
même de Louis XV : le ton adopté est or sur
blanc, des médaillons en camaïeu ornent le
pourtour des galeries; de larges cadres sculptés
et dorés remplacent, aux avant-scènes, l'inévi-
table colonne corinthienne; et, font, de chaque
loge une espèce de tableau vivant où les figures
paraissent à mi-corps comme dans les toiles du

Valentin et du Caravage; le rideau, peint par
Zara, représente une immense draperie de velours incarnat relevée par des tresses d'or, et
laissant voir une doublure de satin blanc d'une
richesse extrême; le plafond, que l'on a sur-
baissé, offre une foule de figures allégoriques et
mythologiques dans des cartouches ovales, par
M. Valbrun. Ces figures nous ont paru peu
dignes du reste de la décoration : elles rappellent un peu trop les paravents du temps de
l'Empire; c'est la seule chose que nous trouvons
à reprendre dans toute l'ordonnance de la salle.
Les loges sont tendues d'un bleu tendre, très
favorable aux toilettes ; de merveilleux tapis
rouges garnissent les couloirs, et même, chose
inouïe! les ouvreuses sont jeunes, jolies et gra-
cieuses, recherche de bon goût, car rien n'est
plus déplaisant à voir que les ouvreuses ordinaires, pour qui semble avoir été fait ce vers de
don César :

> ... Affreuse compagnonne
> Dont le menton fleurit, et dont le nez trognonne !

Nous souhaitons mille prospérités au théâtre
nouveau, entré franchement dans une voie d'art
et de progrès, et qui, nous l'espérons, ne s'appel-
lera pas pour rien le Théâtre de la Renaissance.

Un discours de M. Méry, un drame de M. Hugo,
voilà qui est bien. Continuez; mais surtout pas
de prose, des vers, des vers et encore des vers!
Il faut laisser la prose aux boutiques du Boulevard; des poètes, pas de faiseurs, il n'y a pas
besoin d'ouvrir un nouvel étal pour les fourni-
tures de ces messieurs; il faut bien que la fantaisie, le style, l'esprit, la poésie, aient un petit
coin pour se produire dans cette vaste France
qui se vante d'être le plus intelligent pays du
monde, dans ce Paris qui se proclame lui-même
le cerveau de l'univers, nous ne savons pourquoi. Il y a bien assez de dix-huit théâtres pour
les mélodrames et le vaudeville.

XXII

REPRISE DE RUY BLAS

28 février 1872.

Pour nous qui avons vu la première représentation de *Ruy Blas* au théâtre de la Renaissance, qu'elle inaugurait, cette reprise si longtemps annoncée du beau drame de Victor Hugo, avait, outre son intérêt propre, un indéfinissable charme mélancolique.

Dans *Marie Tudor*, Hoshua Farnaby, le geôlier de la tour de Londres, dit à Gilbert : « Vois-tu, Gilbert, quand on a des cheveux gris, il ne faut pas revoir les opinions pour qui l'on faisait la guerre, et les femmes à qui l'on faisait l'amour, à

vingt ans. Femmes et opinions vous paraissent
bien laides, bien vieilles, bien chétives, bien
édentées, bien ridées, bien sottes ». Cela sans
doute est vrai des opinions et des femmes, mais
pas des œuvres de génie. On peut les revoir ;
elles ont l'immortelle jeunesse. En glissant sur
leur bronze ou leur marbre, les années ne font
qu'y ajouter la patine et le poli suprêmes. *Ruy
Blas* nous a paru aussi beau, plus beau peut-
être que la première fois.

Malgré le temps écoulé, nous nous sommes
senti, comme à vingt ans, emporté par ce grand
souffle de passion ; nous avons éperdûment
aimé la Reine, et franchi avec Ruy Blas le grand
mur hérissé d'une broussaille de fer, pour lui
apporter les petites fleurs bleues d'Allemagne
cueillies à Coramanchel. Don Salluste, ce Satan
grand d'Espagne, nous a inspiré la même suffocante terreur, et le joyeux bohème Zafari, jadis
Don César de Bazan, le même entraînement
sympathique. Nous avions retrouvé nos pures
impressions de jeunesse, et le romantisme endormi qui est toujours en nous s'est réveillé,
prêt à recommencer les luttes d'*Hernani;* mais
il n'en était pas besoin. Chez Victor Hugo, le
poète dramatique n'est plus contesté. Il a forcé
les plus rebelles à l'admiration.

Jamais représentation d'œuvre inédite n'excita curiosité plus ardente. Il est inutile de dire que le théâtre renversait l'axiome mathématique : le contenant doit être plus grand que le contenu, et renfermait à coup sûr moins de places que de spectateurs, par un de ces phénomènes de compressibilité dont le corps humain est susceptible ces soirs-là. Mab, la fée microscopique, arrivant dans sa coquille de noix, n'aurait pas trouvé un interstice où glisser sa petite personne. Sous les arcades tournaient des théories d'aspirants désappointés, la place était noire de groupes stationnaires, et les cafés des alentours regorgeaient de monde attendant des nouvelles de la salle.

On pourrait croire qu'il y avait dans cet empressement, en dehors de l'attrait littéraire, quelque préoccupation politique. *Ruy Blas* renferme, en effet, sans y avoir visé. — Le poète a toujours dédaigné le succès d'allusion — de ces passages dont l'opposition peut profiter, contre un gouvernement quelconque, car ils expriment des vérités toujours applicables, et sont comme les grands lieux-communs de l'éternelle justice.

Eh bien, dès les premiers vers, toute préoccupation de ce genre avait disparu. Le poète s'était emparé de son public, et d'un coup de son aile

puissante l'avait élevé loin des réalités du moment, dans la haute sphère de son art. On ne
sentait même pas cet esprit d'antagonisme entre
les deux écoles rivales, qui, à la première épreuve,
inquiétait parfois l'admiration. On écoutait avec
un respect religieux, comme on eût fait pour
le Cid ou *Don Sanche d'Aragon* ou tout autre
chef-d'œuvre consacré, pour lequel la critique
n'est plus permise.

Cependant, du premier public, de celui qui assistait à la représentation de la Renaissance, il
restait très peu de survivants. Trente-quatre ans
déjà nous séparent de cette soirée, et nous cher-
chions vainement dans les loges les têtes connues
autrefois. A peine en avons-nous distingué cinq
ou six, qui se souriaient de loin, heureuses de se
retrouver encore à cette fête de poésie : c'était
pour *Ruy Blas* un public de postérité.

C'est, comme on sait, Frédérick Lemaître qui
à l'origine joua *Ruy Blas*, et l'on se demandait
avant le lever du rideau s'il parviendrait à dépouiller la hideuse défroque de Robert Macaire,
dont les lambeaux semblaient s'attacher à sa chair
comme la tunique empoisonnée de Nessus. Position étrange que celle d'un acteur qui ne peut
se séparer de sa création, et dont le masque gardé
trop longtemps finit par devenir la figure. *Ruy*

12

Blas eut bien vite raison de Robert Macaire. De ce tas de haillons laissés à ses pieds, s'élança comme un dieu qui sort du tombeau, Frédérick, le vrai Frédérick que vous savez, mélancolique, passionné, le Frédérick plein de force et de grandeur, qui sait trouver des larmes pour attendrir, des tonnerres pour menacer, qui a la voix, le regard, le geste, le Frédérick de Faust, de Rochester, de Richard d'Arlington, et de Gennaro, — c'est-à-dire le plus grand tragédien du plus grand comédien moderne.

L'effet, comme on le pense, fut prodigieux, et le coup de talon sous lequel, au troisième acte, Ruy Blas écrase don Salluste, comme l'Archange le Démon, retentit encore dans la mémoire de tous ceux qui l'ont entendu.

Frédérick vit toujours, mais la force ou plutôt la jeunesse manque à son génie. Le vieux lion serait encore capable de secouer sa crinière, et de tirer de sa poitrine un profond rugissement. Il chasserait les ministres, il tuerait Don Salluste, mais il ne pourrait plus se rouler avec une grâce amoureuse aux pieds de la Reine, sur les marches du trône. Cependant, si l'on reprenait les *Burgraves*, cette œuvre titanique et digne d'Eschyle, il ne faudrait aller chercher d'autre acteur que Frédérick. Quel magnifique

Job ou quel superbe Barberousse il ferait ! Comme
il rendrait également bien le bandit patriarche
et l'empereur-fantôme !

Dans l'œuvre dramatique de Victor Hugo,
Ruy Blas est une des pièces qui nous plaît le
plus — nous disons qui nous plaît ; — il en est
d'autres que nous admirons autant.

La charpente du drame s'emmanche avec une
précision qui ne laisse pas apercevoir les join-
tures, car l'intrigue s'y meut à l'aise, malgré ses
complications et ses tortuosités ; le sujet est un
de ceux qui excitent le plus l'imagination, et
qu'on retrouve au fond de chaque jeune cœur,
à l'état de rêve secret : sortir brusquement de
l'obscurité par un coup du sort qui ressemble à
de la magie, et s'élever d'un vol rapide vers
l'amour idéal, radieux, sublime, l'amour dans
la majesté et la toute-puissance ; — ce qui se
rapproche le plus de la Divinité sur terre : — en
un mot, être l'amant de la Reine.

A cette ivresse, à cet éblouissement, à ce vertige des hauts sommets, se mêle l'appréhension
perpétuelle de la chute inconnue. Sur ce plan-
cher qui semble ne cacher aucun piège, peut
s'ouvrir une trappe précipitant la victime en
quelque gouffre de ténèbres. D'une porte cachée,
va peut-être déboucher, silenciencieux, glacial,

implacable comme la Haine et la Vengeance, ce
diabolique don Salluste qui, mettant sa main
sur l'épaule du malheureux, lui arrachera la
peau de don César de Bazan, pour ne lui laisser
devant la Reine que sa casaque de laquais. Quelle
situation tragique et poignante ! Travailler malgré soi et sans savoir comment faire, par une nécessité inéluctable, au piège que le démon tend à
l'ange adoré, et dont on pressent dans l'ombre
les rouages compliqués formidables.

Tous ces personnages sont dessinés et peints
comme des portraits de Vélasquez, avec une
maëstria souveraine, une force de couleur, une
liberté de touche, une grandeur d'attitude et un
sentiment de l'époque qui fait illusion. Que de
fois ne l'avons-nous pas rencontré ce marquis de
Finlas, au Prado, à l'Escurial, à Aranjuez, lui
ou quelqu'un de sa race, dans un cadre blasonné,
riche, vêtu de noir, avec ses yeux de braise
trouant sa face morte. Combien d'heures sommes-
nous restés pensifs devant ces pâles infantes,
ces reines exsangues, ces mortes devenues fantômes, n'ayant d'autre trace de vie, sous les
blancheurs argentées des salons et sous le ruis-
sellement des perles, que le carmin de leurs
lèvres et les plaques de fard de leur pommette !
Toute l'Espagne picaresque vit dans cet éton-

nante figure de don César de Bazan qui est pour
l'œuvre de Victor Hugo ce que l'étincelant Mer-
cutio est pour l'œuvre de Shakespeare. Quelle
élégance encore sous ce délabrement! Quels
beaux haillons noblement portés! Quelle hauteur d'âme dans cette misère, et quel effrayant
et philosophique oubli des prospérités disparues! Comme il reste loyal, délicat et fier à
travers ces désordres, cet ami de Matalobos et
de Gulatremba, comte de Garofa, puis de Villal-
cazar! Et don Geritan, le grotesque rival de
Ruy Blas, quel bon type de la vieille galanterie
espagnole! c'est don Quichotte à la cour, ayant
la reine pour Dulcinée du Toboso.

A quoi bon insister si longtemps sur des
choses si connues? Faisons plutôt remarquer
que jamais la vie dramatique ne fut menée avec
une aisance si souveraine, avec une puissance
si absolue. Le poète, lui, peut tout exprimer,
depuis les effusions les plus lyriques de l'amour
jusqu'aux minutieux détails d'étiquette, de blason
et de généalogie! depuis la plus haute éloquence
jusqu'à la plaisanterie la plus hasardeuse, passant
du sublime au grotesque sans le moindre effort,
mêlant tous les tons dans le plus magnifique
langage que le théâtre ait jamais parlé. La franchise de Molière, la grandeur de Corneille,

12.

l'imagination de Shakespeare, fondues au creu-
set d'Hugo, forment ici un airain de Corinthe
supérieur à tous les métaux.

Bien que le vieux critique soit, en général,
laudator temporis acti et trouve que dans sa jeunesse on jouait bien mieux la comédie, la tragédie et le drame qu'aujourd'hui, nous devons
dire que la reprise de *Ruy Blas* à l'Odéon a été
supérieure comme jeu, rendu et mise en scène à
la première représentation de la Renaissance, en
faisant exception bien entendu de Frédérick que
personne ne peut remplacer.

Lafontaine, dans Ruy Blas, sans chercher ni
éviter de périlleux souvenirs, a donné ce que
permettait son talent inégal, sa nature ardente
et passionnée : des élans inattendus, des cris du
cœur, des accents vrais à travers des emphases
et des incohérences. Il a très bien dit la scène du
premier acte, où il conte à Zafari son amour
insensé pour la Reine. Il a été d'une violence
magnifique et d'un emportement superbe dans
sa célèbre apostrophe aux Ministres. La déclaration d'amour qui suit a été soupirée avec une
adoration craintive et passionnée très bien sentie,
et au dénouement le laquais a repris implaca-
blement sa revanche du gentilhomme. Quant à
Geffroy, il est l'idéal même du rôle. Le poète

n'a pu concevoir dans son imagination un don
Salluste plus glacial, plus impassible, plus
étranger à tout sentiment humain, plus profond,
plus satanique en un mot, sous une apparence
correcte de gentilhomme; chacune de ses paroles
a la froideur polie d'un tranchant de hache et
vous donne un frisson derrière le cou. Alexandre
Mauzon était bien loin de cette perfection
sinistre.

Le rôle de don César de Bazan semble appeler
invinciblement Mélingue; ce manteau d'escudero
avait été troué et déchiqueté exprès pour lui, ce
pommeau de rapière à coquille sollicitait sa
main, cette plume énervée demandait à pal-
piter sur son feutre. Qui donc mieux que lui
pouvait se promener d'une mine triomphante,
sa cape au-dessus du cou, et ses bas en spirales?
De plus, ces mots charmants, toutes ces folies
étincelantes éclatant sur le fond sombre du drame
comme des chandelles romaines sur un ciel noir,
Mélingue n'a pas eu de peine à faire oublier
Saint-Firmin à ceux qui se souvenaient encore
du premier don César.

La Marie de Neubourg de la Renaissance —
Atala Beauchêne — avait été trouvée insuffi-
sante, malgré sa beauté. Rien de plus suave, de
plus charmant, de plus poétique que Mademoi-

selle Sarah Bernhardt, la Marie de Neubourg de
l'Odéon. Quelle mélancolique langueur ! quel
air de colombe dépareillée manquant d'air, de
liberté et d'amour dans cette triste cage dorée
où l'enferme le camarera-mayor, personnification
momifiée de l'étiquette ! Jamais l'ennui morne
et étouffant de la cour d'Espagne ne fut mieux
rendu. Quelle chaste réserve dans son abandon,
quelle délicatesse féminine, et comme chez elle
la reine préserve toujours l'amante ! Comme elle
est faite pour être adorée ! et comme cette petite
couronne en dentelle d'argent posée au sommet
de la tête lui donne bien l'air de la Madone de
l'Amour !

Fabien a fait de don Geritan, le vieux beau
duelliste, un caractère élégant et sympathique.
Son costume de nuance tendre, tout passementé
et tout couvert de rubans, contraste comique-
ment avec la personne longue, sèche, raide,
longitudinale, rappelant le jeune échassier.
Malgré son ridicule, il aime la Reine, et se ferait
bravement tuer pour elle. Ruy Blas l'a bien jugé.
Mademoiselle Broisat est la plus gentille Casilda
qui puisse égayer l'ennui d'une cour d'Espagne
et contre-balancer la soporifique influence d'un
camarera-mayor. Puisque nous parlons de la duchesse d'Albuquerque, disons que Mademoiselle

Ramelli est impatientante de vérité dans son
rôle de dragon en basquine noire ; à chaque fois
qu'elle tire le fil pour arrêter par la patte l'essor
de quelque fantaisie, on serait tenté, comme la
Reine de lui flanquer une paire de bons soufflets.

Madame Lambquin s'était chargée, sans la
moindre coquetterie, de représenter l'affreuse
compagnonne — dont le menton fleurit et dont
le nez trognonne —. Il semble qu'elle ait été
chercher son costume et son type dans les *capri-
chos* de Goya, parmi des sorciers du collège de
Bozozona, dans les *tias* du Rasho et ces duègnes
à gros chapelets qui sous le porche des églises
vous demandent l'aumône, d'abord pour une
vieille, ensuite pour une jeune.

XXIII.

VERS DE VICTOR HUGO

13 juin 1843.

Victor Hugo, un de ces poètes que Dante appelle souverains et qu'il place dans l'Élysée, une grande épée à la main comme des guerriers, et qui réunit en lui deux qualités qui semblent d'abord opposées l'une à l'autre, un lyrisme effréné et une miraculeuse patience de ciselure dans l'exécution, a fait accomplir à la versification un immense progrès qui a été pris pour une décadence par certains esprits, judicieux sur d'autres points, lesquels s'imaginent que les vers romantiques ne sont que de la prose plus ou moins rimée, et que le vers droit, à période carrée, est beaucoup plus difficile que le vers moderne. Dejà Lamartine avec ses grands coups d'ailes, des élégances enchevêtrées comme des lianes en fleur, ses larges périodes, ses vastes nappes de vers s'étalant comme des fleuves d'Amérique, avait fait crever de toutes parts le vieux moule de l'alexandrin; mais il restait encore beaucoup à faire.

Dans ses *Orientales*, Victor Hugo se plut à réunir un grand nombre de formes de stances, ou entièrement neuves, ou restaurées des vieux maîtres. Il revêtit son inépuisable fantaisie de tous les rythmes et de toutes les mesures, il donna des exemples de tous les entrecroisements et de tous les redoublements de rimes, et reproduisit dans son œuvre l'ornementation mathématique et compliquée de l'Orient. Son École, composée alors d'Alfred de Vigny, de Sainte-Beuve, d'Alfred de Musset et d'Antony Deschamps, auxquels d'autres vinrent bientôt s'adjoindre, chercha la richesse de la rime, la variété de la coupe, la liberté de la césure, et trouva mille charmants secrets de facture. Bien des mots exilés dans la prose purent enfin rentrer dans les vers. L'exclusion systématique du mot propre produit dans les poètes de l'École

racinienne une tonalité toute particulière; les
terminaisons en *er*, en *é*, en *eux*, en *ant* et *able*
finissent presque tous les vers pseudo-classiques,
ce qui n'a rien d'étonnant, vu l'énorme consommation d'infinitifs et d'adjectifs à laquelle oblige
la périphrase.

On nous pardonnera ces réflexions qui ont
pour but de faire comprendre aux gens du monde
que l'École romantique ne procède pas à l'aventure. Ces vers brisés ou *cassés*, comme disent les
classiques dans leur aimable atticisme, exigent
de longs travaux, de patientes combinaisons, sont
plus riches de rimes, plus sobres d'inversions et
de licences grammaticales, que les vers qu'ils
s'imaginent être des chefs-d'œuvre de pureté,
parce qu'ils sont tout simplement monotones.

XXIV

LE DRAME

30 juillet 1843.

Le drame a toujours eu beaucoup de mal à s'établir parmi nous. Diderot, avec son *Père de famille*, Beaumarchais, avec son *Eugénie*, ont trouvé nombre de contradictions.

Nanine, l'*Enfant Prodigue*; *Mélanie*, *Céline*, l'*Écossaise*, le *Philosophe sans le savoir*, déplaisent également par ce mélange du comique, du tempéré et du touchant, qui pourtant est le procédé même de la nature.

Dans l'éloquente préface d'*Eugénie*, il faut voir avec quelle raison et quelle puissance de dialec-

13

tique Beaumarchais proclame la poétique de
l'Ecole nouvelle; ce qui n'a pas empêché Victor
Hugo d'écrire son admirable préface de *Cromwell*. On avait à peu près alors accepté le
drame en prose en le flétrissant du nom de
mélodrame; mais pour le drame en vers, le travail était à recommencer.

XXV

REPRISE DE « MARION DELORME »

9 novembre 1839,

Constatons le succès qu'obtient en ce moment, à la Comédie-Française, la reprise de *Marion Delorme*. Faire l'éloge de *Marion Delorme* est maintenant chose superflue. Quatre-vingts représentations et trois éditions successives valent le meilleur panégyrique du monde. Ce beau drame réunit la gravité passionnée de Corneille et la folle allure des comédies romanesques de Shakespeare; quelle variété de ton, quelle vivacité charmante et castillane ! Comme tous ces beaux seigneurs qui ne font que tra-

verser la pièce pour jeter l'éclair de leur épée
et de leur esprit, parlent bien la langue cava-
lière et superbe du xvi⁰ siècle! Quel sincère
accent de comédie! Voyez! voyez ce Taillebras,
ce Scaramouche et ce Gracioso! Scarron lui-
même, l'auteur de *Japhet d'Arménie* et de *Jode-
let*, ne les eût pas dessinés d'un trait plus vif
et plus libre. Et comme les larmes de Marion,
perles divines du repentir, ruissellent limpide-
ment sur tous ces visages grimaçants ou terribles! Quel charmant marquis que ce mauvais
sujet de Gaspard de Saverny! Quelle mâle, sévère et fatale figure que ce Didier *de rien! Marion
Delorme* est une des pièces de M. Hugo où l'on
aime le plus à revenir; c'est un roman, une comédie, un drame, un poème où toutes les cordes
de la lyre vibrent tour à tour.

XXVI

REPRISE DE « MARION DELORME »

1ᵉʳ décembre 1851.

On a repris vendredi dernier *Marion Delorme*, au théâtre de la République. Le grand et beau drame qui a déjà la consécration du temps, de romantique à l'époque où il s'est joué, est devenu classique comme une tragi-comédie de Corneille ou de Rotrou. Il a pris place, sans cesser d'être vivant, dans ces galeries de tableaux de maîtres que le Théâtre-Français offre aux études des jeunes générations ; il a été écouté avec un religieux respect par ceux qui le connaissent et par ceux qui l'ignoraient. On ne sau-

rait guère rêver pour jouer *Marion Delorme*, la
courtisane Madeleine, une actrice plus assortie
à son rôle que Mademoiselle Judith ; elle a la
jeunesse, la beauté, l'intelligence et la passion,
les larmes et le sourire. Si elle n'atteint pas
certains côtés profonds et douloureux comme
Madame Dorval, en revanche elle fait mieux
ressortir certaines faces du rôle et l'éclaire autrement.

Jeffroy ne joue pas Louis XIII, c'est Louis XIII
lui-même, ce roi qui avait fait de l'ennui un art,
presque une volupté, et qui oublia sa couronne
sur le front de la Mélancolie. Il est impossible
d'être plus terne, plus morne et plus éteint, plus
souverainement accablé de ce spleen royal,
lourde chape de plomb qui double le manteau
d'hermine et dont nul ne sentit le poids comme
ce pâle Louis, pas même Philippe II à l'Escurial,
pas même Charles-Quint à Saint-Just.

Brindeau a donné au personnage de Saverny
son éloquence railleuse, et Maillard a bien rendu
la physionomie passionnée, douloureuse et fatale
de Didier, ce type des Antony.

XXVII

«DIANE», D'AUGIER, ET «MARION DELORME»

19 février 1851.

La première faute chez M. Augier, faute qui domine toute la pièce et qui nous étonne chez un homme qui a la familiarité des choses de théâtre, c'est le choix du sujet de *Diane*. M. Augier ignore-t-il qu'un poète, nommé Victor Hugo, a déjà traité d'une façon assez supérieure les principales situations de *Diane*, dans un livre intitulé *Marion Delorme*, qui a fait quelque bruit dans son temps et que cent cinquante représentations ont fait connaître de tout le monde ? Comment un écrivain va-t-il reprendre

pour thème d'un drame un duel au temps ⟨
Richelieu, sous la juridiction qui condamna
tout duelliste à mort, en refaisant une par ur
toutes les scènes qui découlent forcément de ⟨
point de départ : la fuite du coupable, son arre
tation, la demande en grâce, la peinture du c
ractère de Louis XIII, l'explication de la pol
tique du cardinal et tout ce qui s'ensuit ?

En regardant cette pièce où figurent Richelie
Louis XIII, Laffemas, et sous des noms qui l
déguisent peu, Saverny, Brichanteau, Bouch
vannes et la troupe débraillée des raffin
d'honneur, nous éprouvions une impressio
bizarre ; dans les situations analogues, les ve
d'Hugo, gardés précieusement dans notre m
moire, voltigeaient involontairement sur l
lèvres et devançaient les alexandrins de M. Emi
Augier ; l'ancienne pièce reparaissait sous
nouvelle, comme à travers les antiphonaires ⟨
xii⁰ siècle revivent les œuvres palimpsest
d'Homère et de Virgile, grattées par l'ignoran
des moines ; Marion Delorme, attristée, mor
lisée et transformée en vieille fille ayant po
Didier un frère étourdi, nous faisait surtout un
peine profonde, tant elle semblait embarrassée ⟨
ce déguisement ; Louis XIII, ce pâle fantôm
cet Hamlet de l'ennui, cherchant à son côté s⟨

bouffon L'Angely pour laisser divaguer sa tristesse en plaisanteries lugubres, et l'ancien Laffemas, si noir, si scélérat, si sinistre, si caverneu-
sement infernal, paraissait humilié de n'être
plus qu'un simple agent de police brutal et bête,
n'ayant de féroce que son costume d'alguazil.

Cette impression était partagée par toute la
salle, qui se demandait quelle avait pu être
l'intention de l'écrivain, si cette ressemblance
était fortuite ou volontaire, s'il avait cru inventer
en se ressouvenant, ou s'il avait imité de parti
pris. Les antécédents de M. Émile Augier ne
permettent guère de s'arrêter à cette dernière
supposition. Il appartient à une école qui s'est
séparée du grand mouvement littéraire romantique, et qui a obtenu un succès de réaction.

Cette école n'admire guère que les anciens et
les poètes du xviiᵉ siècle : quelque talent qu'elle
puisse reconnaître à Victor Hugo, elle ne l'ad-
met pas comme un maître et rejette ses doctrines. L'auteur de *Gabrielle* s'y est-il récemment converti? Cela n'est pas probable. Achille
classique a-t-il voulu provoquer le Siegfried du
Romantisme sur son propre terrain, et en trai-
tant le même sujet, lui montrer de quelle manière s'y prenait un champion de l'école du bon
sens?

Peut-être s'est-il donné pour tâche de montrer *Marion Delorme* à l'état sobre, dénuée de lyrisme, de passions, de rimes riches, d'images et de couleur locale ; ou bien encore, — comme ces élèves d'Ingres qui n'osent jeter les yeux sur les tableaux de Rubens, de peur d'altérer leur gris par la contemplation de ce maître flamboyant, — n'a-t-il ni vu ni lu le drame de Victor Hugo.

XXVIII

UNE LETTRE DE VICTOR HUGO

« 4 octobre 1844.

« Vous êtes un grand poète et un charmant esprit, cher Théophile, je lis votre *Roi Candaule* avec bonheur. Vous prouvez, avec votre merveilleuse puissance, que ce qu'ils appellent la poésie romantique a tous les génies à la fois, le génie grec comme les autres. Il y a à chaque instant dans votre poème d'éblouissants rayons de soleil. C'est beau, c'est joli, et c'est grand.

« Je vous envierais de toute mon âme si je ne vous aimais de tout mon cœur. »

« Victor Hugo. »

XXIX

GASTIBELZA

(OPÉRA NATIONAL)

22 novembre 1847.

Une de ces chansons singulières que Victor
Hugo désigne sous le nom fantasque de « guitare », comme pour indiquer leur accent espagnol,
a servi de point de départ à M. Dennery pour le
livret que M. Maillard a brodé de sa musique.
Nous voulons parler de Gastibelza, « l'homme à
la carabine », rendu si populaire par le refrain
de Monpou. M. Dennery a l'habitude de dé-
trousser M. Hugo; il lui a pris don César de
Bazan, il lui prend Gastibelza. M. Dennery est
un voleur plein de goût, et s'il fait le foulard de

l'idée, il ne s'adresse du moins qu'aux poches
bien garnies.

Gastibelza est une de ces chansons folles et
décousues dont les images se succèdent avec
l'incohérence du rêve et qui, malgré la puérilité
bizarre des détails, vous troublent profondément
et vous laissent pensif des heures entières. Cette
guitare ressemble, à s'y méprendre, à ces ro-
mances populaires faites par on ne sait qui,
par le pâtre qui rêve, par l'écolier en voyage,
par le soldat sous la tente, par le marin que
berce la mer paresseuse. Un vers s'ajoute siècle
par siècle au vers balbutié; l'oiseau, au besoin,
souffle la rime qui manque, et peu à peu, avec
l'air, le soleil, le ciel bleu, le gazouillis de la
fauvette et de la source, le bruit de la rosée qui
se détache des branches, la chanson se trouve
faite, et les plus grands poètes la gâteraient en
y touchant. C'est dans la carrière lyrique de
M. Victor Hugo une merveilleuse bonne fortune
que d'avoir trouvé *Gastibelza*.

Toutes les fois que nous entendons ce refrain :

> Le vent qui vient à travers la montagne,

nous voyons se dérouler devant nos yeux les
crêtes neigeuses des sierras, et, sur les chemins
que côtoie le précipice, s'avancer par file la

caravane des mulets caparaçonnés de couver-
tures bariolées, et talonnés par les arrieros au
chant guttural.

Le vent souffle par folles bouffées dans notre
tête comme dans la chanson, et, quoiqu'il ne
ne vienne pas du mont Falou, il nous rend
malade, et nous donne la nostalgie de l'Espagne.

Un de ces êtres maladroits qu'on appelle
poètes, voulant transporter au théâtre cette
ballade empreinte d'une couleur si sauvagement
locale, se fût contenté de traduire en forme de
drame légendaire les infortunes du pauvre Gastibelza, et eût fait un tableau de chaque couplet;
mais il faut aux habiles plus de complications
que cela, les idées qui semblent les plus rebelles
à l'estampage des faiseurs, sont forcées, comme
les autres, de se modeler dans les cases du gau-
frier.

M. Dennery a donc rendu Gastibelza *intéres-
sant*, dans le sens qu'on attache à ce mot au
théâtre. Doña Sabine reçoit bien toujours l'anneau d'or du comte de Saldagne, mais c'est dans
le pieux motif de sauver son père, et de reprendre
les papiers de famille nécessaires à la justifica-
tion de cet honnête vieillard, et détournés par le
comte. Gastibelza, qui se trouve être de noble

race, épouse à la fin de la pièce doña Sabine,
reconnue comtesse de Mendoce ; car, en appre-
nant l'innocence de celle qu'il aime, il a re-
couvré la raison. Bref, tout le parfum de la
chanson s'est évaporé, mais aussi la pièce est
carrée, comme on dit. Inexprimable avantage ! ·

Qu'est devenue Sabine, la fille de cette vieille
bohémienne d'Antiquerra, orfraie logée dans une
ruine, et piaulant la nuit et la journée son chant
d'incantation ; Sabine, avec ses cheveux de jais,
son œil d'étincelles, son sourire, éclair blanc
dans la figure brune, sa beauté provoquante où
pétille le sang maure, son corset noir qui fait
abonder la hanche, ses parures de sequins, ses
colliers bizarres, et son chapelet du temps de
Charlemagne ? Pourquoi, après avoir traversé la
place de Zocodover, ne descend-elle pas au Tage
par la porte d'Alcantara, et ne vient-elle pas,
accompagnée de sa sœur, se baigner dans le
fleuve, et montrer, la coquette, ce genou poli
qui a bien autant contribué à la démence de
Gastibelza que le vent venu de la montagne ?
Gastibelza lui-même, cette fauve figure, moitié
pasteur moitié bandit, qu'on croirait peinte par
Velasquez, avec son œil noir et profond que fait
vaciller l'égarement, et sa carabine usée par sa
main rude, Gastibelza, ce pauvre rêveur éperdu

d'amour et de mélancolie, et regardant toujours
le chemin qui mène vers la Cerdagne, a été réduit aux proportions d'un soupirant d'opéra-
comique. Sans doute, il le fallait, puisque, pour
réussir au théâtre, suivant les gens expéri-
mentés, la banalité est une chose nécessaire.

Cela ne veut pas dire que Gastibelza ne soit
pas un bon poème d'opéra-comique : au contraire, il a réussi sans doute par les mêmes
côtés qui nous déplaisent; en outre, il faut le
dire, pendant toute la représentation, nous
avions dans l'oreille les arpèges, les pizzicati de
cette guitare vraiment espagnole, pincée par
Victor Hugo, le poète de la ballade.

M. Maillard, l'auteur de la partition, a justifié
tout de suite, même pour les gens les plus hostiles à l'érection d'un théâtre lyrique, l'utilité et
la nécessité de l'Opéra National, car, dès la
première soirée, le théâtre de M. Adam a révélé
un compositeur. M. Maillard, sans le troisième
théâtre lyrique, eût été ignoré longtemps encore,
et se fût éteint dans l'attente du petit acte qu'oc-
troie aux prix de Rome la charité officielle de
l'Opéra-Comique. Dans *Gastibelza*, on sent
l'exubérance d'un compositeur longtemps contenu, et les défauts du nouvel ouvrage sont les
longueurs et la disproportion des effets. La

manière de M. Maillard montre qu'il a beaucoup
étudié Donizetti et surtout Verdi. Ces deux cou-
rants colorent, sans l'altérer, sa veine naturelle.
Sa musique est bien faite, ingénieuse, et si elle
n'est pas toujours originale, elle est du moins
rarement commune. A cette première audition,
nous avons remarqué un chant de chasseurs, le
duo entre Gastibelza et doña Sabine, les couplets du comte de Saldagne, un sextuor fort
beau, un chœur d'hommes avec effet imitatif, et
le grand air de Gastibelza.

Mademoiselle Chérie-Courand, qui jouait le
rôle long et difficile de doña Sabine, a surmonté
avec bonheur l'émotion bien naturelle qui
l'étranglait, puisque, jusque-là, elle n'avait
jamais mis le pied sur un théâtre. Elle a sup-
porté très courageusement ce premier feu de la
rampe qui intimide les plus hardis, et a pu faire
voir qu'elle était excellente musicienne, et possédait une belle voix de *mezzo soprano*. *Gastibelza* n'est pas un drame lyrique, c'est un
opéra-comique dans le vieux sens du mot. Il
faut excuser les tâtonnements d'une adminis-
tration nouvelle; mais le genre qui convient à
l'Opéra-Comique est encore à créer en France.
C'est tout simplement l'opéra tel qu'il se joue en
Allemagne, une sorte de drame énergique et

14.

rapide, poétique si l'on peut, violent et passionné toujours, sevré autant que possible de ces
préparations et de ces adresses vulgaires où
triomphe l'industrie des fileurs de scènes et des
escamoteurs d'idées. Quelque chose comme le
Robin des Bois de l'Odéon, qui, faiblement traduit, sans doute conservait beaucoup de l'énergie du poème original, comme le don Juan,
dont le livret romantique n'a pas peu contribué
sans doute à féconder le génie de Mozart. Si le
préjugé du public dilettante ne repoussait pas
l'humble librettiste de la gloire accordée au
musicien, rien n'empêcherait, certes, les véritables poètes de composer ce qui, aujourd'hui,
s'appelle si improprement des poèmes. Croira-
t-on que *Lucrèce Borgia*, par exemple, ou *Hernani*, n'auraient pas été, au besoin, d'excellents
drames lyriques? Cette forme leur conviendrait
mieux même que celle du grand opéra, où le
récitatif obscurcit ou affaiblit une grande partie
des détails.

La question du drame lyrique considéré
comme genre, est donc facile à résoudre. Mozart
et Weber ont fait de la musique pour des
drames; pourquoi donc Victor Hugo, Alfred de
Musset ou Mérimée dédaigneraient-ils de faire
des drames pour la musique?

XXX

CHANGEMENTS A VUE

7 février 1849.

Qu'il a fallu de temps pour arriver, sans se faire regarder comme un hydrophobe, à lever le rideau quelques fois de plus que le nombre sacramentel, et à changer à vue dans le milieu d'un acte! Hugo lui-même, le grand Vandale, le grand Barbare, le Hun, l'Attila romantique, ne l'a pas osé. Il a reculé devant cette action capitale de retrousser un bord de toile à torchon barbouillée de détrempe, après trois ou quatre scènes, pour passer dans un autre endroit; et, cependant, il n'avait pas craint de mettre du

lyrisme, des images, des métaphores et même
des rimes, dans ses dramatiques férocités qui lui
ont valu longtemps une réputation de canni-
bale.

(Écrit à propos de la représentation de *Monte-Cristo*
(Alexandre Dumas et Maquet), au Théâtre-Historique.)

XXXI

LUCREZIA BORGIA

(THÉATRE ITALIEN)

14 février 1840.

Jamais drame ne fut plus merveilleusement coupé pour la musique que celui de Lucrèce : aussi l'arrangeur n'a-t-il pas eu grand'chose à faire, et dans beaucoup d'endroits s'est-il contenté de mettre en méchants vers de livret l'admirable prose du poète. Le sujet amenait si invinciblement la musique, que le dénouement de la pièce doit ses principaux effets de terreur au contraste des chants de fête et des litanies funèbres des moines. Le souper chez la princesse Négroni est une des plus belles situations lyri-

ques qui se puissent voir et revenait de droit à
l'Opéra. La scène de l'insulte, celle des flacons
et celle de l'orgie, à cela près des cercueils et
des moines, qui restent dans la coulisse, ont été
presque textuellement conservées : malheureusement la couleur tragique n'est pas reproduite,
et, si l'on tournait le dos au théâtre, on s'imagi-
nerait difficilement qu'il s'y passe des choses si
terribles.

XXXII

LUCRÈCE BORGIA

(ODÉON)

13 mars 1843.

On a repris à l'Odéon *Lucrèce Borgia*. Ce drame gigantesque, peut-être plus près d'Eschyle que de Shakespeare, a produit son effet accoutumé. Mademoiselle Georges s'y est montrée sublime comme à son ordinaire, et jamais, depuis la création, le petit rôle de la princesse Négroni n'avait été rendu avec plus de grâce, de beauté, d'esprit et de jeunesse. C'était mademoiselle Volet qui était chargée d'attirer dans les pièges de la vindicative Lucrèce les trop con-

fiants amis de Gennaro. On comprend qu'ils ne
se soient pas fait prier pour la suivre.

Quelle étrange destinée que celle de Lucrèce!
Célébrée par tous les poètes contemporains,
chantée par le divin Arioste, qui la proposa
comme le modèle de toutes les vertus, elle a en
quelque sorte une réputation double : ange chez
les poètes, démon chez les chroniqueurs. Lesquels ont menti? Elle était blonde et de la physionomie la plus douce qui se puisse imaginer.
Lord Byron raconte avoir trouvé dans une bibliothèque d'Italie, nous ne savons plus si c'est à
Ravenne ou à Ferrare, un recueil de lettres
autographes de Lucrèce Borgia, entre les feuil-
lets desquelles était placée une boucle de ses cheveux. Ces lettres parlaient d'amour platonique,
de tendresse idéale ; ces cheveux étaient doux,
pâles et soyeux, on eût dit le rayon de l'auréole
d'un ange.

Ce grand poète en déroba quelques-uns qu'il
emporta et conserva soigneusement. Maintenant
cette femme est devenue un type de scélératesse
titanique, de même que par les calomnies de
Virgile, Didon, la prude la plus refrognée, la
bégueule la plus sèche de son temps, subsistera
éternellement comme le type de l'amour et de la
passion.

XXXIII

LUCREZIA BORGIA

(THÉATRE-ITALIEN)

20 novembre 1853.

Lucrezia Borgia, ce drame d'une grandeur titanique, un des plus beaux de Victor Hugo par sa large charpente et son développement gigantesque, semblait appeler les masses chorales et les riches accompagnements de l'orchestre; la musique même se mêle à l'action dans l'œuvre du poète et produit ces terribles effets des versets funèbres alternant avec les couplets joyeux de l'orgie, scène comparable, en noir épouvantement, en terreur opaque, en anxiété profonde, aux scènes les plus tragiquement sombres

15

d'Eschyle et de Shakespeare, et pour laquelle
Meyerbeer n'eût pas été de trop. Le compositeur
n'avait à craindre dans un pareil sujet que d'y
rester inférieur, et peut-être Donizetti n'a-t-il pas
abordé avec le tremblement convenable cette
donnée colossale qui eût mérité tous les efforts
de son génie. Son insouciante facilité italienne
n'a sans doute vu là qu'un mélodrame rimé en
livret; mais les situations commandent si impérieusement la musique, que l'inspiration sérieuse
lui est venue plusieurs fois sans qu'il l'ait cher-
chée. Nous n'avons pas à faire ici l'appréciation
d'un poème et d'une partition connus de tout le
monde; là, du reste, n'était pas l'intérêt de
la soirée. Le désir de revoir Mario le ténor
aimé, le brillant émule de Rubini, absent depuis
trop d'années, préoccupait la salle plus que
l'œuvre de Donizetti elle-même quoiqu'elle soit
l'une des mieux reçues du répertoire.

De cordiales salves d'applaudissements, au
risque de le réveiller, ont accueilli Gennaro sur
le banc où il dort d'un si bon sommeil pendant
que le bal chante, fredonne et chuchote, le masque noir à la main, et que les gondoles étoilées
de fanaux débarquent de mystérieux convives
sur la terrasse vénitienne. Mario est toujours le
même, il a toujours cette tête suave et char-

mante qu'on croirait détachée d'une fresque de
Benozzo-Pozzoli; il a gardé sa sveltesse juvénile,
et l'embonpoint, si fatal aux jeunes premiers
lyriques, ne l'a point envahi : il a plutôt maigri,
l'heureux homme! et il peut exprimer vraisem-
blablement les mélancolies de son cœur sans
être contredit par des pectoraux d'athlète et des
joues d'ange bouffi. La *prima donna assoluta* n'a
rien à objecter lorsqu'il lui soupire élégamment
ses peines amoureuses, et couronne volontiers
sa flamme, en dépit des obstacles apportés par
la basse et le baryton, ces éternels trouble-fêtes
qui se vengent si cruellement de ce qu'il ne sau-
raient donner l'*ut* de poitrine, et charmer aussi
la beauté. Sa voix est toujours ce qu'elle était :
pure, fraîche, sympathique, la plus belle voix de
ténor qu'il y ait au monde à cette heure. Mario
a été rappelé trois fois, et il lui a fallu revenir
saluer le public tout convulsé encore par ce terrible poison des Borgia, qui scintille comme de la
poudre de marbre de Carrare, et pousse la perfi-
die jusqu'à faire trouver la vie meilleure. Mais
de pareils bravos ressusciteraient un véritable
mort.

XXXIV

LUCRÈCE BORGIA

(PORTE-SAINT-MARTIN)

7 février 1870.

Nous assistions à la première représentation de *Lucrèce Borgia*, en 1833. C'est un fait que nous n'avons pas l'intention de dissimuler pour nous rajeunir. Nous avouons même que nous faisions partie de la députation, envoyée à Victor Hugo par l'école romantique, qui ne voulait pas *donner* pour un drame en prose, trouvant cette concession bourgeoise, car, parmi ces fanatiques, ridicules peut-être aux yeux de la génération actuelle, il y avait un sentiment hautain de l'art et un amour vrai de la grande poésie; la

lecture, dont l'effet fut immense, leva tous les
scrupules, et les bandes d'Hernani promirent
leur concours pour *Lucrèce Borgia*, qui n'en eut
pas besoin, du reste, car la pièce alla toute seule
aux nues. Nous avons donc vu Gennaro joué par
Frédérick Lemaître, et Lucrèce ayant pour interprète Mademoiselle Georges; mais, n'ayez pas
peur, nous n'abuserons pas de nos souvenirs, et
nous ne ferons pas l'éloge du passé comme le
vieillard d'Horace, *laudator temporis acti*, ou Nestor, le bon chevalier de Gerennia, vantant les
hommes d'autrefois, beaucoup meilleurs et plus
forts que ceux d'aujourd'hui. Peut-être au fond
ne sommes-nous qu'une ganache romantique,
comme Théodore de Banville s'appelait lui-même;
mais nous aimerions qu'on ne s'en aperçoive pas
trop, et nous serons aussi sobre que possible de
radotages séniles.

Le public qui assistait à la reprise de *Lucrèce
Borgia*, nouvelle au théâtre pour le plus grand
nombre des spectateurs, était animé d'un esprit
bien différent de celui qui nous poussait en 1833,
— autre temps, autres chansons, — et la question
d'art n'était pas évidemment ce qui le préoccupait le plus; mais nous avons tâché de nous
isoler dans ce milieu bruyant et assagi, faisant
abstraction de nos impressions anciennes, et de

15.

juger la pièce comme si nous la voyions pour
la première fois.

Hé bien, après cet intervalle de tant d'années,
remplies par des événements si imprévus,
des doctrines si contradictoires, des évolutions de goût si diverses, Lucrèce Borgia nous
a produit un effet aussi grand, plus grand peut-
être qu'à la première représentation. Alors, ivre
de lyrisme, fou de poésie, nous étions moins
sensible au drame et à la situation scénique,
et c'est par ces côtés que brille la première
pièce en prose du poète d'*Hernani* ou de *Marion Delorme*. Rien de plus simple comme
construction que ce drame d'un effet si puissant :
il se compose de trois situations capitales largement développées, et formant d'admirables
tableaux d'un dessin et d'une couleur superbes ;
on dirait trois fresques colossales encadrées dans
les fines architectures de la Renaissance. L'œil
les saisit d'un regard et en conserve une ineffaçable empreinte. — *Affront sur affront.* —
Le Couple. — *Ivres-morts.* — Tels sont les titres
sinistrement bizarres que le poète inscrit sur
des cartouches à volutes contournées, au bas de
ces peintures magiques d'un éclat sombre et
farouche. Quoi de plus beau que cette scène sur
la terrasse du palais Barbarigo, à Venise, où Maffio

Orsini, Beppo Loveretto, don Apostolo Gazetta,
Ascanio Petrucci, Alofeno Villettozo, dont les
familles saignent de quelque meurtre, repro-
chent ses crimes à Lucrèce Borgia démasquée,
et pour suprême affront lui jettent son nom
au visage! Quel étonnant crescendo d'insultes!
Nul poète depuis Shakespeare, n'a fait sonner
d'un souffle plus vigoureux la « trompette
hideuse des malédictions ». Il y a dans cette
scène sublime quelque chose de la grandeur
épique d'Eschyle.

Le Couple, nous représente, avec une vérité
effrayante, l'intérieur d'un ménage de tigres. C'est
la même grâce perfide, la même scélératesse
veloutée, la même force terrible voilée par des
mouvements souples et câlins. A les voir aller
et venir, le mâle et la femelle, comme dans la
jungle de l'Inde, dans ce palais rempli de pièges,
d'embûches et d'oubliettes, où l'on n'a qu'à
frapper le mur pour en faire sortir un coupe-
jarret l'épée à la main, ou un échanson portant
des flacons empoisonnés, en est saisi involontairement d'une terreur secrète. Ces deux grands
félins, échappés pour un instant de la ménagerie
de l'histoire, ont une beauté monstrueuse dont le
poète a fait merveilleusement ressortir le fauve
caractère.

Quand, après avoir inutilement fait patte de velours et poussé d'hypocrites soupirs, Lucrèce sort toutes ses griffes, et, furieuse, revient au *rauquement*, qui est sa voix naturelle, on sent une fièvre d'épouvante vous courir sur la peau, et l'on craint que la tigresse ne saute du théâtre dans la salle, comme aux représentations de Van Amhy ou de Caster. Elle défend son petit comme elle peut, contre l'implacable et glaciale férocité de don Alphonse de Ferrare son quatrième mari.

Que dire du tableau : *Ivres-morts?* de ce souper chez la princesse Négroni, une de ces élégantes Locustes, au service des Borgia, qui savaient attirer les victimes couronnées de roses à ces banquets funèbres, et leur présenter avec un sourire la coupe remplie de poison? Quel chant sinistre que celui des moines se mêlant aux chansons de l'orgie, et comme on partage la terreur des convives en voyant s'ouvrir cette large porte qui découvre les cinq cercueils rangés en ligne, se détachant sur la draperie noire rayée d'une croix de drap d'argent, et Lucrèce debout au seuil, les bras croisés, dans l'orgueil satisfait de cette lâche vengeance si bien tramée et qu'eût admirée comme œuvre d'art tout Italien du xvie siècle! « Vous m'avez donné un bal à Venise, je vous rends un

souper à Ferrare », résume superbement toute
la pièce.

Les autres scènes intermédiaires sont tracées
avec une simplicité magistrale, sans petite ficelle,
allant droit au but comme des ruelles qui mènent
aux grandes places par le plus court. Mais au
coin de ces petites rues il y a toujours quelque
tourelle curieusement ouvragée, quelque porche
à statues, quelque balcon d'une serrurerie amusante. Même dans les portions les moins visibles du drame, l'art est toujours présent, comme
dans les villes d'Italie de ce temps-là.

Quelques-unes de ces scènes, selon nous —
et cela est une question de machiniste — ne
devraient pas, comme elles le sont, être détachées
en tableaux, mais jouées avec un simple changement à vue. L'auteur y gagnerait, et elles ne
prendraient pas plus d'importance qu'il ne convient. Mais on a en France une superstitieuse
horreur du changement à vue, dont Shakespeare
pourtant fait un si large emploi.

Nous avions trouvé autrefois que cette prose
si ferme, si nette, rehaussée de touches vigou-
reuses, rythmée en vue de luttes de dialogue,
n'ayant pas besoin des vases d'airain dont on
garnissait les théâtres antiques, pour arriver à
l'oreille des spectateurs, avait toute la valeur

d'art des plus beaux vers ; nous sommes encore, après trente-sept ans, du même avis. Jamais plus magnifique langage n'a été entendu au théâtre. Quelques *jeunes* prétendent qu'il a vieilli. Oui, comme un tableau du Titien ou de Giorgione, que le temps couvre d'un voile d'or, rendant les lumières plus blondes, les tons plus chauds, et les ondes d'une profondeur plus mystérieuse.

C'était Madame Marie Laurent qui jouait le rôle de Lucrèce Borgia, jadis créé par Mademoiselle Georges. Nous n'établirons entre les deux artistes aucun fastidieux parallèle. Habituée au mélodrame, Madame Marie Laurent n'a peut-être pas toute l'ampleur tragique qu'il faudrait pour un drame de si haute et de si fière allure ; mais elle a du feu, de l'intelligence, de la passion, des entrailles, et tout ce qu'elle peut donner, elle le donne sans réserve, sans crainte de se fatiguer ; elle va jusqu'au bout de son talent. C'est beaucoup, et nous ne voyons pas dans le théâtre du drame une possibilité de Lucrèce supérieure.

On sait que cette terrible femme, trouvée charmante par les contemporains, était blonde. Lord Byron possédait une mèche de cheveux de Lucrèce, oubliée dans une lettre d'amour, et qui avait la couleur de l'or rouge. En artiste

soigneuse, Madame Marie Laurent s'est con-
formée à cette tradition ; il n'est pas nécessaire
pour être terrible d'avoir des cheveux noirs
comme de l'encre : les lionnes sont blondes.

Le rôle de Lucrèce offre cette difficulté que
l'amour maternel ne pouvant s'avouer, y prend
souvent les apparences de l'amour même : Gennaro, à ses accords, s'y trompe ; Giubetta s'y
trompe ; le grand-duc de Ferrare s'y trompe ;
mais le public ne s'y trompe pas. Il est dans la
confidence, il sait bien que Gennaro est le fils de
Lucrèce et de ce Jean Borgia jeté dans le Tibre
par l'homme à cheval qu'a vu le batelier de
Ripetta, et dont Beppo Loveretto raconte la
lugubre histoire au commencement du drame.
Cette nuance est d'autant plus difficile à main-
tenir, que Lucrèce ne se livre à aucun monologue pour se dire ce qu'elle sait mieux que personne, se sert de Giubetta sans lui rien confier,
et ne livre son secret que dans la suprême
explosion du dénouement, lorsqu'elle crie à
Gennaro, à travers un râle de mort : « Je suis
ta mère ! » L'actrice a délicatement et profondément marqué cette différence. Elle a été très
belle dans la grande scène de la malédiction,
où elle tombe foudroyée sous l'anathème crié
par toutes ces bouches vengeresses, ou plutôt

sous la douleur immense d'être méprisée et
haïe désormais de Gennaro. Ses câlineries avec
le duc, au second acte, étaient peut-être un
peu trop visiblement forcées : il ne fallait pas
autant souligner l'intention secrète. Quand elle
supplie Gennaro de boire le contre-poison, et
qu'il refuse, en disant que c'est peut-être là le
poison, elle a eu un mouvement superbe de
probité méconnue qui se révolte contre l'injus-
tice. Les ironies féroces du troisième acte ont
été rugies par elle avec une étonnante profondeur de haine satisfaite, et à la dernière scène
elle s'est montrée touchante et pathétique : on
oubliait l'empoisonneuse pour plaindre la mère.

Pourquoi Taillade, ayant à représenter un
jeune capitaine d'aventure, un Italien du temps
des Borgia, s'est-il fait une tête anglaise, entièrement rasée, coiffé à la Titus, et ressemblant au
portrait de Kemble dans le rôle d'Hamlet? Nous
ne nous expliquons pas ce singulier caprice, qui
altère sans raison la physionomie du personnage. Comme on a souvent reproché à Taillade
d'être trop nerveux, trop saccadé, trop convulsif
dans son jeu, il affecte maintenant une manière froide et sobre : il gesticule à peine, et ne
se laisse plus entraîner au drame. Si Shakespeare interdit aux comédiens « de scier l'air

avec leurs bras, et de mettre la passion en lambeaux, voire même en loques », il leur recommande aussi « de ne pas être trop apprivoisés, et de faire accorder le geste et la parole avec l'action. » Que Taillade, dont nous estimons fort le talent, s'abandonne davantage à sa nature, il sera beaucoup meilleur. Gennaro, malgré sa destinée mystérieuse, doit être plus franc et plus ouvert que cela.

Mélingue est le plus admirable don Alphonse d'Este duc de Ferrare, qu'on puisse rêver. Il est seigneurial et princier; a la grande tournure d'un portrait de Bronzino, et quand il dit : « Le nom d'Hercule a été souvent porté dans notre famille », il semble qu'il est digne de le porter lui-même. Sous sa manche de soie tailladée, on sent un bras musculeux, capable de tenir l'épée. C'est un homme comme ces temps-là en produisaient, un bandit-héros, un tyran, amateur des arts, un empoisonneur galant et courtois, profond politique, et digne de l'admiration de Machiavel.

XXXV

LES BURGRAVES

18 février 1843.

Le Théâtre-Français a répété activement les *Burgraves*, de Victor Hugo. Mademoiselle Théodorine vient d'être engagée expressément pour jouer le rôle de la sorcière Guanhumara. Ce nom, un peu rébarbatif, signifie tout simplement Geneviève. Duprez pourrait chanter aujourd'hui, à la place du nom si doux de Tchin Fra, celui de Guanhumara qui n'est pas plus dur assurément. Mademoiselle Théodorine est bien jeune sans doute pour représenter une vieillarde de quatre-vingts ans ; mais nous nous accommodons plus volontiers de voir une jeune femme en jouer une vieille, que de voir une vieille en jouer une jeune. C'est du reste une habitude toute prise, les rôles *marqués* sont remplis par des jeunes gens, il suffit d'être sexagénaire pour débuter dans les ingénues.

Les petits journaux, comme d'ordinaire, donnent à l'avance de prétendus extraits des *Burgraves* : qui une tirade, qui un hémistiche, qui un vers : ils en sont pour leurs frais d'invention. C'est autant de besogne faite pour les parodistes, qui, avec cette facilité d'imagination qui les caractérise, ne manqueront pas d'en farcir leurs rapsodies. Jamais peut-être Victor Hugo ne s'est élevé si haut. Épique, homérique, sont les épithètes les plus modérées qui conviennent pour qualifier cette nouvelle œuvre. Cela se passe entre géants, dans un monde d'airain et de pierre de taille. Les plus petits ont sept pieds, les plus jeunes ont cent ans. La forme choisie par le poète est la trilogie, ou la journée espagnole : l'exposition, le nœud, le dénoûment ; disposition simple, logique, naturelle, et qui depuis longtemps devrait être adoptée. La longueur de la pièce est d'ailleurs la même, et sa durée sera celle d'une tragédie en cinq actes. On fait espérer cette solennelle et triomphante représentation pour le 8 mars, jour qu'il faut marquer avec une pierre blanche.

XXXVI

PREMIÈRE DES BURGRAVES

(THÉATRE-FRANÇAIS)

13 mars 1843.

Autrefois, sur le bord des rochers qui hé-
rissent les bords du Rhin, se dressaient, au
milieu des nuées, des donjons inaccessibles ha-
bités par des burgraves, bandits-gentilhommes,
voleurs homériques, qui rançonnaient les pas-
sants, pillaient les convois, et remontaient ensuite à leurs nids avec leur proie dans les serres.
Éventrées par les assauts, ébréchées par le
temps, disjointes par l'envahissement de la végé-
tation, les hautes tours des burgs abandonnés
tombent pierre à pierre dans le fleuve, ou pendent

formidablement sur l'abîme en fragments déme-
surés. Aux brigands héroïques bardés de fer ont
succédé les filous et les escrocs. La ruse a pris
la place de la force, les voyageurs ne sont plus
détroussés que par les aubergistes. Dans ses
admirables *Lettres sur le Rhin*, M. Victor Hugo,
avec ce talent descriptif qui n'eut jamais d'égal,
nous a fait parcourir quelques-uns de ces antiques repaires féodaux dont il sait tous les
secrets, la salle d'armes, les caveaux aux voûtes
surbaissées, l'escalier en colimaçon, le couloir
qui circule dans l'épaisseur des murs, l'oubliette,
au fond pavé d'ossements, la guérite en poivrière, accrochée aux créneaux comme un nid
d'hirondelles, il nous a tout montré, il nous a
promenés dans toutes les salles, à tous les étages.
C'est sans doute en visitant un de ces donjons
que l'idée des *Burgraves* est venue à l'illustre
poète. Il aura d'abord, par le travail de la pensée,
restauré les portions en ruines, remis à leurs
places les pierres écroulées, rattaché le pont-
levis à ses chaînes, rétabli les planchers
effondrés, arraché le lierre et les herbes para-
sites, replacé les vitraux dans leurs mailles de
plomb, jeté un chêne ou deux dans la gueule
béante des cheminées, posé çà et là, dans l'em-
brasure des fenêtres, quelques chaises en bois

16.

sculpté; puis, quand il aura vu toutes les choses
ainsi arrangées et remises en état dans le manoir
seigneurial, la fantaisie lui aura pris d'évoquer
les anciens habitants, car le poète a, comme la
pythonisse d'Endor, la puissance de faire appa-
raître et parler les ombres. Hatto se sera présenté le premier, puis Magnus son père, puis
Job l'aïeul, le cercle s'élargissant et se reculant
toujours. Cette vision des temps disparus,
M. Victor Hugo l'a réalisée et fixée en vers
magnifiques, et il en est résulté la trilogie des
Burgraves.

Lorsque la toile, en se levant, laisse les yeux
des spectateurs pénétrer dans le monde fantastique que sépare du monde réel cet étincelant
cordon de feu qu'on appelle la rampe, nous
sommes au burg de Heppenheff, une de ces
hautes demeures féodales, escarpées, inabor-
dables, se cramponnant au rocher par des serres
de granit, faisceaux de tours engagées les unes
dans les autres, où la muraille continue la
montagne à s'y méprendre, et dont les ruines
de Château-Gaillard, près des Andelys, aux
bords de la Seine, peuvent donner une idée à
ceux qui n'ont pas vu les burgs du Rhin. Les
nuages baignent les créneaux, et l'épervier, en
passant, se déchire la plume au fer de la lance

des sentinelles ; les fossés sont des abîmes, où
blanchit, tout là-bas, dans la vapeur bleue, l'eau
savonneuse d'un torrent ; le vertige vous prend,
à vous pencher aux étroites fenêtres.

Nulle communication avec le dehors, pas un
jour dans cette armure de pierre de taille, que
revêt par-dessus l'armure de fer qui ne le quitte
jamais, le vieux burgrave Job le Maudit, Job
l'Excommunié, espèce de Goetz de Berlichingen
centenaire, Titan du Rhin, qui veut mourir
comme il a vécu, sans loi, sans maître ; qui
repousse d'un pied obstiné l'échelle de l'Empire appliquée à ses murailles, et, pour montrer qu'il est en révolte ouverte contre la société,
plante un grand drapeau noir sur sa plus haute
tour. Cette grande salle délabrée, où l'abandon
tamise sa poussière fine, où l'humidité verdit
les pierres, où l'araignée travailleuse suspend
ses rosaces aux nervures brisées, c'est la galerie
des portraits seigneuriaux du burg de Heppenheff.

Au fond l'on voit flamboyer, à travers les
pleins-cintres d'une galerie romane, un coucher
de soleil aux teintes menaçantes et sanguinaires.
Le premier étage de ce promenoir se compose
de piliers courts, trapus, écrasés, à l'attitude
massive, aux chapitaux fantatisques ; le second,

de colonnettes plus légères et plus rapprochées;
par l'interstice des arcades, se découvrent en
perspective les sommets des remparts et des
autres tours du burg. Des lumières scintillent
déjà aux barbacanes, d'où s'échappent par éclats
de stridentes fanfares de clairons, et de tumultueux refrains de chansons à boire. Hatto, le
plus jeune et le plus méchant des burgraves, est
en train de banqueter avec ses compagnons. La
chose dure depuis le matin, et a toute la mine
de se vouloir prolonger; on ne s'arrête pas en si
beau chemin. Au vacarme insolemment joyeux
de la fête se mêle, par instants, le bruit sinistre
de pas lourds et de feuilles froissées; ce sont
les captifs, les esclaves qui reviennent du travail, conduits par un soldat, le fouet en main.
Certes, si jamais l'on a pu se croire en sûreté
dans son antre, c'est bien le comte Job. La herse
est baissée, le pont-levis ramené; l'archer veille
à son poste; la chambre du comte, avec sa porte
étoilée d'énormes clous, de serrures compliquées
de secrets, est comme une forteresse au cœur de
la première; les esclaves sont enchaînés solide-
ment; les cachots ont des profondeurs inconnues,
et ne lâchent jamais leur proie. Que peut craindre le vieux Prométhée, sur son roc? qu'il ne
descende du ciel un vautour envoyé par Jupiter!

Eh bien, dans ce manoir si bien gardé, malgré les remparts, malgré les sentinelles, a sù se glisser un ennemi. Vous voyez cette vieille, triste, dévastée, avec cette tristesse d'orfraie, son morne et froid regard de spectre, ses deux talons qui résonnent sur les dalles comme les talons du Commandeur, son nom rauque et bizarre, ses allures sinistrement mystérieuses : c'est la Haine c'est la Vengeance, c'est Guanhumara, pauvre esclave vendue et revendue vingt fois, qui a traîné les bateaux qui vont d'Ostie à Rome et qui, changeant sans cesse de maître et de climat, a vécu pendant soixante ans de tout ce qui fait mourir. Dans cette variété d'infortunes, à travers cette existence errante, elle a trouvé des secrets merveilleux; effrayante pour les tigres eux-mêmes, elle a cueilli dans les forêts monstrueuses de l'Inde les herbes puissantes qui donnent la vie ou la mort; durant les immenses nuits des pôles, où les étoiles brillent six mois aux cieux, elle a médité sur les forces secrètes des astres et des philtres, elle a conversé avec les noirs esprits et lentement combiné le plan de sa vengeance que Satan lui-même ne pourrait désirer plus complète : elle erre à travers ce manoir dont elle connaît tous les replis, dont elle a sondé tous les souterrains; car on lui

laisse une espèce de liberté, en considération de
quelques cures surprenantes qu'elle a faites.
Elle inspire à ses compagnons d'infortune une
espèce d'effroi vague, de terreur superstitieuse,
et elle se promène ayant toujours autour d'elle
un cercle de solitude. Pendant qu'elle s'est
tapie, hargneuse, muette et sombre dans son
coin, les prisonniers causent entre eux des mystères du burg, et se disent tout bas des paroles
dont l'écho leur fait peur.

On a vu au cimetière Guanhumara qui, les
manches relevées, préparait une horrible mixture
avec des os de morts, en murmurant une incantation bizarre ; cette fenêtre aux barreaux défoncés,
qui s'ouvre sur l'abîme et qui laisse descendre
une trace de sang sur la muraille jusque dans
dans les eaux du torrent, cette fenêtre qui donne
du jour à ce caveau dont on ne connaît plus
l'entrée, on y a vu trembler une lueur. Un fantôme habite ce trou perdu. « En quel temps lou-
che, mystérieux et plein d'événements étranges
vivons-nous ? Tout chancelle, tout croule ! La violence, le meurtre, le pillage, règnent sans obstacle. Les choses ne se passaient pas ainsi du
temps de Barberousse. Ah ! s'il vivait encore, il
saurait bien châtier l'insolence des burgraves.
Mais il n'est pas mort définitivement, dit un cap-

tif, il y a une prédiction ainsi conçue : Barberousse sera cru mort deux fois », et renaîtra
deux fois. Le comte Max-Edmond l'a vu près de
Lautern, dans une caverne du Taurus, au-dessus
de laquelle tourne sans cesse un cercle de corbeaux. Il était là assis gravement sur une chaise
d'airain : ses longs cils blancs lui descendaient
jusque sur les joues, et sa barbe, autrefois d'or,
aujourd'hui de neige, faisait trois fois le tour
de la table de pierre sur laquelle appuyait son
coude. Quand le comte Max-Edmond s'approcha,
Barberousse ouvrit les yeux, et demanda si les
corbeaux s'étaient envolés : « Non, Sire ! » répondit le comte, et le fantôme-empereur se ren-
dormit. — Chimères, chansons, histoires de
nourrice, contes à dormir debout, que tout cela !
Barberousse s'est noyé dans le Cydnus, en face
de toute l'armée. — Mais on n'a pas retrouvé
son corps. « Qui sait ! la prédiction accomplie une
fois, ne peut-elle pas l'être deux ? dit quelqu'un
de la troupe, moins sceptique que les autres. J'ai
vu, il y a longtemps à l'hôpital de Prague, un
gentilhomme Dalmate nommé Sfrondati, en-
fermé comme fou, et qui racontait l'histoire que
voici : pendant sa jeunesse, il était écuyer chez le
père de Barberousse, qui, effrayé des prédictions
faites à la naissance de son enfant, l'avait donné

à élever sous le nom de Donato, à un autre fils
bâtard qu'il avait eu d'une fille noble. Le duc
Frédéric avait caché son rang à ce bâtard, de
peur d'exciter son ambition; et en lui confiant
son fils légitime il ne lui avait rien dit autre
chose, sinon : Voici ton frère. Les deux frères
eurent une querelle, quand Donato eut vingt ans,
à propos d'une fille corse qu'ils aimaient tous
deux; l'aîné se crut trahi, et tua l'autre ainsi que
Sfrondati, ou du moins il s'imagina les avoir
tués. Au bord d'un torrent, des pâtres recueil-
lirent deux corps sanglants et nus que les eaux
avaient jetés sur la rive : c'étaient Sfrondati et
Donato ; ils n'étaient pas morts ; on les guérit, et
Sfrondati n'eut rien de plus pressé que de ra-
mener Donato à son père ; l'affaire fut étouffée,
Fosco disparut, s'enfuit en Bretagne, et ne
revint que bien des années après. Quant à Sfrondati, son esprit s'était troublé, et n'avait plus
que de vagues lueurs de raison. Le duc Frédéric,
voulant assoupir tout cela, l'avait fait enfermer.
On ne savait ce qu'était devenue la fille corse,
vendue à des bandits, à des corsaires. A son lit
de mort, Frédéric avait fait venir son fils, et lui
avait fait jurer sur la croix de ne chercher à tirer
vengeance de son frère que quand celui-ci aurait
cent ans révolus, c'est-à-dire jamais. Fosco, sans

douté, est mort sans savoir que son père Othon
était le duc Frédéric et son frère Donato l'empereur Barberousse. » Tels sont, à peu près, les
discours que font entre eux les esclaves, marchands, bourgeois et militaires, chacun jetant
son mot et sa rime avec cet imprévu et cette
habileté qui caractérisent M. Victor Hugo dans
ses conversations, qui tiennent lieu du chœur
antique au drame moderne.

Quand les captifs ont achevé leurs récits, le sol-
dat-gardien fait claquer son fouet, et les chasse
devant lui, attendu que Monseigneur Hatto et la
compagnie doivent venir visiter cette aile du
château; et il ne faut pas que les regards soient
choqués par la vue de ces misérables.

Les jeunes burgraves ne se hasardent pas
souvent de ce côté, car c'est là que Magnus et
Job se sont creusé leur tanière. Cet escalier
ténébreux conduit aux salles qu'ils habitent.
Job trône là-dedans sous un dais de brocart
d'or, ayant à ses côtés son fils Magnus qui lui tient
sa lance. Immobiles, pensifs, ils restent silen-
cieux des mois entiers. Ils songent à leurs
exploits, à leurs crimes peut-être, car, malgré
leur air patriarcal, le père et le fils sont au fond
de vrais bandits, et s'ils n'ont pas les vices effémi-
nés des époques de décadence, ils ont toute la

17

rudesse féroce et toute l'âpreté brutale des temps
primitifs. Ce sont des êtres de fer, toujours
habillés de fer; ils n'ont d'autre robe de chambre
que la cotte de mailles, ils vivent dans leur
armure et ne se meuvent que dans un cliquetis
d'acier. Pour Hatto et ses amis, ils trouvent
plus commode d'être vêtus de velours et de soie,
de passer leur vie dans de longs festins, de se
couronner de fleurs, d'embrasser les belles esclaves, et de laisser le gros de la besogne à des brigands subalternes, espèces de chiens ou de fau-
cons dressés à rapporter la proie. Ils préfèrent
le choc des verres à celui des épées, et peut-être,
quoi qu'en disent les aïeux homériques, n'ont-ils
pas tout à fait tort.

Les captifs retirés, on voit paraître une pâle et
blanche figure. Est-ce une vision, est-ce un ange
égaré dans cette caverne de chats-tigres? D'une
main, elle s'appuie sur une suivante, de l'autre
sur le bras du franc archer Otbert, beau jeune
homme de vingt ans qui l'aime et qu'elle aime;
elle s'assoit ou plutôt se laisse tomber dans un
fauteuil près le vitrail haut en couleur, qu'elle
se fait ouvrir pour jeter sur la campagne un
regard, le dernier peut-être, car elle est poitri
naire, car elle va mourir. Ce corps si charmant
le tombeau le réclame; cette âme si pure et s.

douce, les anges l'appellent!... Millevoye est devenu célèbre pour quelques vers sur ce sujet, que
cette scène de Régina et Otbert efface comme un
rayon de soleil fait disparaître un pâle reflet de
lune. Jamais poésie plus ravissante, plus tendre,
plus mélancolique, plus amoureusement parfu-
mée des senteurs que l'air exhale de son urne,
n'a caressé l'oreille humaine. C'est le charme
indéfinissable de la musique, plus le sens et les
images. L'amour d'Otbert se répand en effusions
lyriques d'une ardeur et d'une tendresse incom-
parable! « Tu vivras! » s'écrie-t-il avec un
accent que donne la foi de la passion, lorsque la
jeune fille enivrée, éperdue, pousse un cri de
désespoir sublime en sentant que la vie lui
échappe, et se trouve trop aimée pour mourir.

Otbert s'adresse à Guanhumara. Ne tient-elle
pas la vie ou la mort dans sa puissante main?
Guanhumara ne pourra lui refuser la vie de
Régina. Des liens mystérieux unissent d'ailleurs
Otbert à la sinistre vieille. C'est un enfant
qu'elle a volé et dont elle a pris soin pour quelque projet formidable et terrible, et même,
sans vous faire attendre plus longtemps, nous
vous dirons qu'Otbert n'est autre que Georges,
un enfant que Job a eu dans sa vieillesse, à plus
de quatre-vingts ans, comme un patriarche qu'il

est; la diabolique vieille l'a pris comme il jouait
sur la pelouse, et l'a emporté dans le pli de ses
haillons; elle l'a élevé avec une horrible pensée
de meurtre et de vengeance, elle veut punir le
fratricide par un parricide, car, s'il ne s'agissait
que de tuer Job, dans lequel vous avez déjà
reconnu l'assassin de Donato, ce serait la chose
la plus simple du monde. Guanhumara n'a-t-elle
pas à son service toute une pharmacie empoisonnée, jusquiame, euphorbe, sucs du mance-
nillier et de l'arbre upa?

Mais cela serait trop doux, trop simple, trop
peu corse. Otbert lui dit: « Peux-tu sauver
Régina? — Oui; mais que m'importe qu'elle
meure! — Oh! je rachèterais sa vie au prix de mon
âme, si Satan en voulait! — Es-tu bien décidé?...
Vois ce flacon, que Régina en boive une goutte
chaque soir, elle vivra. Mais pour l'obtenir de
moi, il faut me faire le serment de tuer, quand
je voudrai, où je voudrai, qui je voudrai, sans
grâce ni merci, comme un assassin, comme un
bourreau. — Je le jure ». Le pacte conclu,
Guanhumara tire de sa ceinture une petite fiole.
Dans cette liqueur noirâtre sont quintessenciées
la vie, la santé, la fraîcheur. Allons, ce n'est pas
payer trop cher.

Une faible bouffée de vent apporte encore un

bruit de chœur et de trompettes. C'est Hatto qui
s'avance suivi de sa bande joyeuse, le verre à la
main, des roses sur la tête. La conversation est
des plus animées, car on a fait de nombreuses sai-
gnées aux deux tonnes de vin d'écarlate que la
ville de Bingen donne chaque année au comte
Hatto. Chacun raconte ses exploits et ses bonnes
fortunes; la liste en est longue! L'un se vante
d'avoir pillé, l'autre d'avoir faussé un serment
sur l'Evangile, et mille autres peccadilles de ce
genre; mais pendant que ces messieurs babillent
de la sorte, la porte du donjon s'est ouverte. Un
spectacle étrange se présente aux yeux. D'abord
c'est Magnus, vêtu de buffle et d'acier, ayant
sur les épaules une grande peau de loup dont la
gueule s'ajuste derrière sa tête en manière de
casque. Il a le poil mélangé, il s'appuie sur une
énorme hache d'Ecosse; quoique vieux il annonce
une vigueur colossale, des muscles invaincus.
Sur la marche supérieure se tient debout un
second personnage, plus âgé, à la tête chauve,
aux tempes veinées, dont la barbe tombe en longues cascades blanches sur la poitrine comme
celle du Moïse de Michel-Ange; c'est Job, autrefois Fosco. A côté de lui se tiennent Otbert et un
écuyer portant la bannière noire et rouge.

Les compagnons de Hatto sont trop occupés

17.

d'eux-mêmes pour s'apercevoir de l'arrivée de Magnus et de Job qui gardent un silence de granit, jusqu'à l'instant où l'un des convives se vante de n'avoir pas tenu son serment. Magnus prend alors la parole et lance une de ces magnifiques apostrophes, familières à M. Victor Hugo, sur la vieille loyauté allemande, sur la différence des serments et des habits d'autrefois, avec les serments et les habits d'aujourd'hui. Jadis tout était d'acier, maintenant tout n'est que soie et clinquant ; les vêtements et les paroles, rien ne dure.

Les jeunes burgraves ne font pas grande attention à ce discours. accoutumés qu'ils sont aux allocutions homériques de leurs grands-parents. Le jeune comte Lupus entonne une chanson que nous reproduisons ici, parce que la musique, quoique charmante, a un peu couvert les paroles, qui certes méritaient d'être entendues tout à fait pour la nouveauté de la coupe et la franchise du jet :

L'hiver est froid, la bise est forte ;
Il neige là-haut sur les monts ;
    Aimons, qu'importe,
    Qu'importe, aimons.

Je suis damné, ma mère est morte,
Mon curé me fait cent sermons ;
    Aimons, qu'importe,
    Qu'importe, aimons.

> Belzébuth, qui frappe à ma porte,
> M'attend avec tous ses démons;
> Aimons, qu'importe,
> Qu'importe, aimons.

Pendant que Lupus chante, les autres, penchés à la fenêtre, s'amusent à jeter des pierres à un mendiant qui semble vouloir demander l'hospitalité : « Quoi! s'écrie Magnus en sortant de sa torpeur, c'est ainsi qu'on reçoit un mendiant qui supplie, un hôte envoyé par Dieu même? De mon temps, nous avions aussi cette folie, nous aimions les chants, les longs repas, mais quand venait un malheureux ayant froid, ayant faim, on remplissait un casque de monnaie, une coupe de vin, on l'envoyait au vieillard, qui continuait gaiement sa route, et l'orgie recommençait de plus belle, sans remords et sans soucis ». « Jeune homme, taisez-vous! dit à Magnus le burgrave centenaire. De mon temps, lorsque nous chantions plus haut encore que vous et que nous nous réjouissions autour d'une table colossale sur laquelle on servait des bœufs entiers couchés sur des plats d'or, si un mendiant se présentait devant la porte du burg, on l'allait chercher, les clairons sonnaient, et le vieillard s'asseyait à la plus belle place. Enfants! rangez-vous!... Ecuyers, allez chercher cet homme,

et vous, clairons, sonnez comme pour un roi! »
On exécute les ordres de Job, et bientôt on voit
se dessiner dans la rougeur du soir, encadré par
une arcade du promenoir, au sommet de l'escalier, un pèlerin avec un manteau déchiré, des
sandales poudreuses, et une barbe qui lui tombe
jusqu'au ventre. Les clairons sonnent une seconde
fanfare et la toile baisse sur ce tableau, l'un des
plus grands, des plus épiques qui soient au
théâtre, et qui, dans l'effet grandiose de l'idée et
de la forme, n'a d'équivalent que la scène de
l'affront, dans *Lucrèce Borgia*.

Au commencement de la seconde partie, le
mendiant débite un de ces beaux monologues
poétiques où M. Victor Hugo résume, dans une
soixantaine de vers, la situation d'un pays, le
caractère d'une époque. Il excelle à construire
des espèces de plan à vol d'oiseau, où l'on
découvre sous une forme distincte et réelle tous
les événements d'un siècle. Du haut de sa pensée
la tête vous tourne, comme du sommet d'une
flèche de cathédrale. C'est un enchevêtrement de
piliers, d'arcs-boutants, de contreforts, une com-
plication qui étonne et décourage. On sent que
pour sortir de là il ne faut pas être moins qu'un
Charlemagne, un Charles-Quint, un Barberousse.
Aussi le mendiant, si royalement accueilli par Job,

est-il l'empereur Frédéric Barberousse lui-même.
Toute cette politique transcendante, en vers
d'une beauté cornélienne, est joyeusement interrompus par l'entrée de Régina, la joue en fleur,
l'œil humide d'un gai rayon, la bouche épanouie :
le philtre de Guanhumara a produit son effet ; la
pâle enfant, si blanche et si transparente qu'elle
eût pu servir de statue d'albâtre à coucher sur
son propre tombeau, est revenue soudain à la vie,
au bonheur, comme évoquée par les drogues
souveraines de la sorcière.

Otbert est si radieux de bonheur, qu'il a presque
oublié la condition fatale posée par Guanhumara.
Elle a tenu sa promesse, il faut qu'il tienne la
sienne ; car la sorcière peut, avec un second
philtre, faire replonger dans l'ombre de la
tombe la souriante figure qu'elle vient de lui
arracher.

Job ne se sent pas d'aise ; il n'a pas été sans
voir, par-dessus son grand fauteuil d'ancêtre,
Otbert et Régina nouer leurs regards, et se renvoyer leurs âmes dans un sourire. Il comprend
que ces deux enfants s'aiment, et qu'il faut les
marier. Une secrète sympathie l'entraîne d'ailleurs vers Otbert ; ce front chaste et fier, cet œil,
assuré lui plaisent et le ravissent ; c'est ainsi qu'il
était lui-même à vingt ans, c'est ainsi que serait

son Georges, enlevé, tout jeune, et sacrifié par les
Juifs dans un sabbat. Otbert ne connaît ni sa
mère ni son père; mais qu'importe! Lui, Job,
n'est-il pas bâtard d'un comte, et légitime fils de
ses exploits? L'obstacle à tout ceci, c'est Hatto, à
qui Régina est fiancée. Il faut d'abord gagner du
terrain : Otbert et Régina fuiront par une po-
terne secrète dont Job leur donne les clefs. Le
vieillard se charge du reste : les amants vont
partir, la joie aux yeux, le paradis au cœur; mais
le démon est là, dans l'ombre, qui ricane et qui
grince. Guanhumara, accrochée comme une
chauve-souris par les ongles de ses ailes dans
quelque coin obscur, a tout entendu. Elle va
prévenir Hatto, qu'Otbert enlève sa fiancée. Hatto
accourt rugissant et furieux. Otbert lui crache
son mépris à la face, le provoque, l'insulte; mais
Hotto repousse du pied son gant, en l'appelant
faussaire, misérable, esclave et fils d'esclave:
« Tu n'es pas l'archer Otbert : tu te nommes
Yorghi Spadaceli : je te ferai chasser à coups de
fouet par mes valets de chiens; je ne veux pas
me battre avec toi. Si quelqu'un de ces seigneurs prend ton parti, j'accepte le combat
contre lui, à toute arme, à l'instant, ici même,
deux poignards sur la poitrine nue ». Le mendiant, qui a écouté cette scène avec une indigna-

tion contenue, s'écrie : « Je serai le champion
d'Otbert. — Voilà qui est bouffon ! Nous tombons
de l'esclave au mendiant ! Qui donc êtes-vous,
pour vous avancer ainsi ! — Je suis l'empereur
Frédéric Barberousse, et voici la croix de Charlemagne ! » Cette révélation soudaine terrifie d'é-
tonnement toute l'assemblée. « Barberousse, dit
Magnus, je saurai bien te reconnaître ; voyons
ton bras ! En effet, tu portes la trace du fer trian-
gulaire dont mon père t'a marqué. Messeigneurs,
je déclare que c'est bien l'empereur Frédéric Barberousse. » L'empereur, son identité constatée,
se livre aux reproches les plus violents ; il prend
chaque burgrave à partie, dit son fait à chacun
avec cette éloquence soudaine et terrible, ces
grondements et ces tonnerres qui rappellent les
colères des héros de l'Edda. En entendant ces
rugissements léonins que pousse le vieil empereur indigné de tant de lâchetés, de trahisons
et de rapines, les plus hardis frissonnent et se
courbent ; Magnus seul reste debout, sa haine
gronde plus haut encore que la colère de Barberousse. Les burgraves, enhardis par l'exemple
de Magnus, commencent à entourer Frédéric d'un
cercle plus resserré et plus menaçant. La hache
énorme du géant va faire voler en éclats l'épée
de l'empereur, lorsque Job le maudit, qui n'a

encore pris aucun parti dans cette querelle,
s'approche de Magnus, lui met la met sur l'épaule
et dit en s'agenouillant : « Frédéric a raison ; lui
seul peut sauver l'Allemagne, soumettons-nous ».
Barberousse, redevenu maître de la scène, dis-
pose de tout à son gré, donne des ordres, envoie
les uns à la frontière, condamne les autres à
rendre ce qu'ils ont pris, fait mettre en liberté
les captifs, et charge des chaînes qu'on ôte à
ceux-ci, les plus coupables des burgraves :
« Maintenant, Fosco, va m'attendre où tu te
rends chaque soir », dit Barberousse à voix
basse au vieux burgrave, qui reste atterré ; car
nul au monde ne le connaît à présent sous ce
nom ; tous ceux qui l'ont su reposent depuis
longtemps dans la tombe.

A la troisième partie, nous sommes dans le
caveau perdu, un endroit effrayant et lugubre,
aux échos inquiétants, aux profondeurs pleines
de ténèbres : un soupirail grillé de barreaux dont
trois sont tordus et défoncés, laisse filtrer un blafard rayon de lune qui dessine sur la muraille
opposée une empreinte blanche comme un suaire.
Job est assis, accoudé à un quartier de pierre,
près d'une petite lampe tremblotante que l'humidité fait grésiller, et qui ne sert qu'à rendre les
ténèbres visibles. Il déplore sa chute ; il est enfin

vaincu, lui le demi-dieu du Rhin, le grand révolté,
le vieil aigle de la montagne ; il repasse dans sa
mémoire toutes les actions de sa vie, Donato,
Ginevra, Georges, son enfant perdu, ce remords
et ce désespoir de toute heure. A ses sombres lamentations, l'écho répond obstinément : « Caïn ! »
L'écho, c'est Guanhumara, qui s'avance, tranquille et terrible, sûre de sa vengeance. Elle se
dresse devant le burgrave, qui frissonne pour la
première fois de sa longue vie, et se fait reconnaître par un récit bref et saccadé, où elle retrace
en peu de mots toutes les circonstances du crime
qui s'est commis dans le caveau perdu. « Maintenant, écoute ceci. Ton fils Georges est vivant,
c'est moi qui l'ai volé et qui l'ai élevé pour ma
vengeance : le fils tuera le père ; un parricide pour
un fratricide, ce n'est pas trop. Georges, c'est
Otbert. Il a fait un pacte avec moi. J'ai rappelé
Régina à la vie à la condition qu'il frapperait une
victime désignée par moi. La vie que j'ai donnée à
Régina, je puis la lui reprendre. Cela me répond
de la résolution d'Otbert. — Otbert sait qu'il va
tuer son père ? Non ; meurs voilé, c'est la seule
grâce que je t'accorde. » Des pas chancelants se
font entendre dans la profondeur du souterrain ;
c'est Otbert qui arrive éperdu, vacillant, pour tenir
sa fatale promesse. Ici a lieu une scène admirable

18

où l'âme est tendue, torturée, où les pleurs jaillissent des yeux les plus secs. Personne n'a jamais su faire parler l'amour paternel comme l'auteur des *Feuilles d'automne*, de *Notre-Dame de Paris* et des *Rayons et les ombres*. Job ne veut pas mourir sans avoir embrassé son enfant; il rejette son voile, s'élance dans les bras d'Otbert, agité lui-même de pressentiments terribles, et, tout en assurant qu'il n'est pas son père, il lui prodigue les caresses les plus paternelles. « Tue-moi; tu ne peux pas laisser mourir ta Régina; d'ailleurs, tu me crois vénérable, je ne suis qu'un coupable, qu'un Satan; sois l'archange vengeur, frappe sans crainte : j'ai poignardé mon frère! » Otbert, malgré les supplications éperdues de Job, hésite encore à faire son métier de bourreau.

Guanhumara, le voyant chanceler dans ses ré-solutions, s'avance, et lui dit : « Régina ne peut plus attendre qu'un quart d'heure ». Otbert, hors de lui, s'élance le couteau à la main; mais il est retenu par Barberousse, qui surgit tout à coup du sein de l'ombre, et qui dit : « Ginevra, cette vengeance est inutile. Donato n'est pas mort. Donato, c'est moi. Fosco, lorsque tu tenais mon corps penché sur l'abîme, tu as murmuré une phrase que nul au monde n'a pu entendre : — A toi la tombe; à moi l'enfer! » Fosco tombe à

genoux, râlant : « Grâce! Pardon! » Barberousse
le relève, et le presse sur son cœur.

Guanhumara, ou plutôt Ginevra, désarmée,
ressuscite tout à fait la fiancée d'Otbert, et comme
désormais sa vie n'a plus de but, elle avale le
contenu d'une petite fiole, et tombe foudroyée
par le poison. En effet, à quoi bon, quand on est
vieille, hideuse à voir, retrouver un amant adoré
à vingt ans? Pourquoi remplacer par une réalité
affreuse un fantôme charmant, un souvenir
plein de grâce et de fraîcheur?

Cette analyse, que nous avons faite avec toute
la religion due à l'œuvre d'un grand poète, quoique longue, est bien incomplète encore; nous
aurions voulu, ambition au-dessus de nos forces,
reproduire quelques traits de ces figures sauvages
et gigantesques, qui rappellent par leurs formes
violentes, leurs mouvements terribles, leurs
allures de lion en colère, les illustrations dessi-
nées par le célèbre peintre allemand Cornelius,
pour l'histoire des *Nibelungen*. Pourrons-nous
seulement comme il convient, louer cette versification ferme, carrée, robuste, familière et grandiose, qui annonçait le poète souverain, comme
dirait Dante? A chaque instant, un vers magnifique qui d'un grand coup de son aile d'aigle
vous enlève dans les plus hauts cieux de la poésie

lyrique. C'est une variété de ton, une souplesse de rythme, une facilité de passer du tendre au terrible; du plus frais sourire à la plus profonde terreur, que nul écrivain n'a possédée au même degré.

Le public s'est montré digne, cette fois, de la grande œuvre qu'on représentait devant lui. Il a écouté avec le respect qui convient au peuple de l'Athènes moderne, l'œuvre de son premier poète, applaudissant les beaux endroits, n'inquiétant pas l'action pour un détail hasardeux, ou d'une bizarrerie relative. Aussi, il faut dire que jamais assemblée pareille ne s'était réunie pour écouter une œuvre humaine. Tout ce que Paris, le cerveau du monde, renferme de savant, d'intelligent, de passionné, de célèbre et d'illustre à un titre quelconque, se trouvait à l'appel : la littérature, les arts, le théâtre, la politique, la banque, l'élégance, la beauté, toutes les aristocraties. Chaque loge renfermait au moins une renommée. Il n'y a, dans ce temps, que M. Victor Hugo qui préoccupe à ce point la curiosité et l'attention publiques. Qu'on lui soit favorable ou hostile, tout le monde s'occupe de ses œuvres. Un drame de lui est toujours un événement, un sujet de discussions; lui seul peut substituer les querelles littéraires aux querelles politiques.

Il serait sans doute facile (assez de critiques le feront) de chercher noise au poète sur un détail, sur une entrée, sur une sortie; mais cela importe peu; les esprits médiocres excellent toujours dans ces mécanismes et ces adresses. Pour notre part, nous aimons assez les beautés choquantes, et nous acceptons parfaitement un peu de bizarrerie, de barbarie, de mauvais goût, si l'on veut, pour arriver à certains vers éclatants et soudains qui font dresser l'oreille à tout véritable poète, comme une fanfare de clairons à tout cheval de guerre. Il y a chez M. Victor Hugo une qualité, la plus grande, la plus rare de toutes dans les arts : la force ! Tout ce qu'il touche prend de la vigueur, de l'énergie, de la solidité; sous ses doigts puissants, les contours se dessinent nettement; rien de vague, rien de mou, rien d'abandonné au hasard. Il a cette violence et cette âpreté de style qui caractérisent Michel-Ange : son génie est un génie mâle, — car le génie a un sexe. — Raphaël est un génie féminin, ainsi que Racine; Corneille est un génie mâle. Nul ne se rapproche davantage de la grandeur sauvage d'Eschyle : Job a des tirades qui ne seraient pas déplacées dans le *Prométhée enchaîné.* L'imprécation de Guanhumara, quand elle prend la nature à témoin de son serment de vengeance.

est un des plus beaux morceaux de notre littérature, c'est l'ampleur et la poésie à pleine volée
de la tragédie antique, bien différente de la tragédie classique :

... O vastes cieux ! ô profondeurs sacrées !
Morne sérénité des voûtes azurées !
Lueur dont la tristesse a tant de majesté !
Toi qu'en un long exil je n'ai jamais quitté !
Vieil anneau de ma chaîne, ô compagnon fidèle !
Je vous prends à témoin ! Et vous, murs, citadelles,
Chênes qui versez l'ombre au pas du voyageur,
Vous m'entendez ! Je voue à ce couteau vengeur
Fosco, baron des bois, des rochers et des plaines,
Sombre comme toi, nuit ! vieux comme vous, grands chênes !

Quelle merveilleuse puissance il a fallu pour
faire revivre ainsi toute cette époque évanouie
et fondue dans la nuit du passé douteux, recons-
truire ce monde de granit habité par des géants
d'airain, rebâtir pierre à pierre, avec une
patience d'architecte du moyen âge, ce burg
inaccessible et formidable, aux murailles où
circulent des couloirs ténébreux, aux caveaux
pleins de mystères et de terreurs, avec ses vieux
portraits de famille, ses panoplies qui rendent
d'étranges murmures lorsque la bise les effleure
de l'aile, et qui semblent être encore remplies
par les âmes dont elles ont revêtu les corps !
Quelle force de réalisation il a fallu pour mêler

ainsi les fantômes de la légende aux personnages naturels, et mettre dans ces bouches impériales et homériques des discours dignes d'elles? Soutenir ainsi ce ton d'épopée, ce bel élan lyrique pendant trois grands actes, M. Hugo seul pouvait le faire aujourd'hui.

Les *Burgraves* ont été joués avec beaucoup de talent et d'ensemble. Ligier a très bien rendu les portions énergiques du rôle de Barberousse : Beauvalet et Guyon, aidés tous deux par des voix magnifiques, sont restés constamment à la hauteur de leurs personnages. Beauvallet, surtout, dans celui de Job, s'est montré tour à tour simple et majestueux, paternel et terrible. Cette création lui fait le plus grand honneur. Geffroy a rendu avec intelligence et chaleur le rôle d'Otbert. Mademoiselle Théodorine a pris rang tout de suite par la création de Guanhumara ; nul doute qu'elle ne devienne une excellente reine tragique, et qu'elle ne rende d'importants services au drame moderne, qui lui a fait sa réputation.

XXXVII

LA REPRISE DES BURGRAVES

14 décembre 1846.

On va reprendre les *Burgraves* ; maintenant
que les esprits sont libres de toute préoccupation réactionnaire, nul doute qu'un public nombreux n'applaudisse à cette œuvre colossale, à
cette tragédie épique, la plus énorme conception
qui se soit produite à la scène depuis le *Prométhée* d'Eschyle.

Nous allons donc les voir encore, ces grands
vieux bardés de buffle et de fer, se promener
tout d'une pièce dans leur burg démantelé. Nous
allons donc les voir encore ces titans de granit, se

parler dans une langue de pierre versifiée, et se jeter à la tête des blocs d'alexandrins abrupts ; ils vivront devant nous de cette vie formidable et surprenante des créations antérieures, comme les héros des *Nibelungen*, ou les figures de Michel-Ange, éclairés par les reflets sinistres des soleils disparus !

Quel que soit le succès de cette reprise.

« Le burg, plein de clairons, de chansons, de huées,
« Se dresse inaccessible au milieu des nuées.

XXXVIII

PARODIES DES BURGRAVES

(PALAIS-ROYAL ET VARIÉTÉS)

LES HURES GRAVES. — LES BUSES GRAVES

Nous avouons très humblement n'avoir jamais rien compris aux parodies. En effet, que peut-il y avoir de plaisant à mettre un cureur d'égouts à la place d'un empereur, un cocher de fiacre à la place du seigneur élégant, une maritorne à la place d'une duchesse? La seule parodie amusante et curieuse des œuvres des grands maîtres est faite par leurs disciples et leurs admirateurs; ce sont eux qui par leurs imitations maladroites mettent en relief les défauts de l'ouvrage qu'ils copient. Le sérieux profond qu'ils apportent

dans leurs exagérations est beaucoup plus
comique que les inventions les plus sangrenues
des parodistes. Les auteurs de vaudevilles qui
jusqu'à présent ont fait la charge des pièces de
M. Hugo n'ont pas le moins du monde le
sentiment de la manière du poète. Les vers de
leurs pièces, loin de donner l'idée du style et
du rythme romantiques, ressemblent aux vers
d'épître de M. Casimir Delavigne. On n'y trouve
ni les tournures, ni les images, ni les coupes,
ni les idées familières à la jeune école. Une
caricature, pour être bonne, doit contenir les
tracés réels du modèle, déviés, il est vrai, et ac-
centués dans le sens du ridicule, mais cependant
faciles à reconnaître au premier coup d'œil. Les
parodistes ordinaires sont tellement étrangers
aux idées poétiques, qu'ils ne peuvent même pas
s'en moquer avec justesse. Nous défions qui que
ce soit, sur vingt vers pris au hasard dans les
Hures graves ou les *Buses graves*, de reconnaître
que c'est de Victor Hugo qu'on a voulu se
moquer.

Outre que les parodies frappent souvent à
faux, elles ont l'inconvénient de ridiculiser
même les plus belles choses ; mais il n'en est
pas moins convenu qu'elles font honneur aux
ouvrages qui les provoquent. Rien n'aura donc

manqué au succès des *Burgraves*, ni l'ardente
sympathie des lettres et de toute la presse, ni
les applaudissements et l'argent de la foule, ni
l'opposition systématique qui s'attaque à toutes
les grandes idées, car un désordre paraît être
organisé depuis quinze jours pour entraver la
pièce, et une dizaine de malveillants prétendent
troubler l'impartial plaisir du public. On se
récrie aux meilleurs endroits, on empêche
d'entendre à chaque représentation ce qui a été
applaudi à la représentation précédente. Nous
devons dire aux siffleurs systématiques que c'est
peine perdue. Le public libre qui vient aux
Burgraves pour son argent, et qui écoute sérieu-
sement une œuvre sérieuse, voudra qu'on la lui
laisse entendre. Ensuite, il prononcera. Mais,
quelle que soit son opinion, il saura la prendre
dans la pièce, et non dans la tyrannie violente de
quelques envieux ameutés.

XXXIX

PARODIES ET PASTICHES

14 mai 1849.

Les défauts de l'école romantique sont des qualités poussées à l'excès. Les qualités de l'école dite du bon sens consistent en mérites négatifs : timidité, froideur, prudence, amour du commun. Les peintres de l'Empire pouvaient se moquer de Rubens, de Rembrandt, du Tintoret, de Ribera et autres maîtres violents ! mais en faire un pastiche ou une caricature, avec leur dessin poncif et leurs coloris de papier de salle à manger, leur eût été parfaitement impossible. Ce que nous disons là pour MM. Jules

19

Barbier et Michel Carré à l'endroit de M. Vacquerie est vrai de toutes les parodies en vers que l'on a faites des pièces de Victor Hugo. Ces parodies sont écrites en vers plus classiques que le récit de Théramène, et singent bien plutôt *Andromaque* que *Hernani* et *Bérénice* que les *Burgraves*; quelques cassures de vers absurdes, que n'ont jamais employées les romantiques, très habiles dans la métrique, et les plus grands harmonistes de rythmes qu'ait possédés la littérature française, constituent tout le comique de ces parodies, molles, fades, inintelligentes.

XL

VENTE DU MOBILIER DE VICTOR HUGO.

7 juin 1852.

S'il y a quelque chose de triste au monde, c'est une vente après décès. La foule entre de plain-pied dans un intérieur fermé jusque-là, et qui ne s'ouvrait qu'à la parenté ou qu'à l'amitié; elle se promène partout, avide et curieuse, surtout si le mort a joui de quelque célébrité, profanant les recoins secrets, bourdonnant autour de l'autel des lares domestiques. Ces meubles, qui gardent encore l'empreinte de la vie, ces livres laissés ouverts sur une table, comme pour reprendre plus tard la lecture; ces

pendules au balancier immobile, où l'œil du
maître a lu sa dernière heure ; ces portraits des
aïeux, ou d'êtres plus chers encore ; ces tableaux,
orgueil de la maison ; tous ces petits objets
familiers dont se compose la physionomie d'une
maison, s'en vont dispersés comme des feuilles
éparpillées au vent, de-ça, de-là, perdant le sens
que leur donnait leur réunion, commencer ailleurs une autre existence, souvenirs abolis,
hiéroglyphes indéchiffrables désormais. Certes,
c'est là un spectacle navrant, plein d'idées
lugubres, et de réflexions amères ! Mais ce qu'il y
a encore de plus morne et de plus pénible à
voir, c'est la vente du mobilier d'un homme
vivant, surtout quand cet homme se nomme
Victor Hugo, c'est-à-dire le plus grand poète de
la France, maintenant en exil comme Dante, et
qui apprend par expérience combien il est dou-
loureusement vrai, le vers du vieux gibelin :

> Il est dur de monter par l'escalier d'autrui.

Nous avons sous les yeux, au moment où nous
écrivons ces lignes, une mince brochure bleue
dont voici le titre :

« Catalogue sommaire d'un bon mobilier,
d'objets d'art et de curiosité, meubles anciens en

bois de chêne sculpté, bois doré et laque du Japon, pendules en marqueterie de Boule, bronzes, porcelaines de Saxe, de Chine, du Japon, faïences anciennes, verreries de Venise, terres-cuites, bustes en marbre, médaillons en bronze, tableaux, dessins, livres, Voyage en Égypte, armes anciennes, rideaux, tentures, tapis et tapisseries, couchers, porcelaines, batterie de cuisine, etc., dont la vente aux enchères publiques aura lieu, pour cause du départ de M. Victor Hugo, rue de la Tour-d'Auvergne, n° 37, par le ministère de Mᵉ Ridel, commissaire-priseur, rue Saint-Honoré, 335, assisté de M. Manheim, marchand de curiosités, rue de la Paix, 8, chez lesquels se distribue le présent catalogue. »

Nulle élégie ne nous a plus ému que cette simple nomenclature, qui, sous son aridité de style, de vérité, cache un poème de muette douleur. C'est comme une nénie de séparation éternelle, comme l'adieu d'un voyage sans retour. A quoi bon des meubles, à celui qui n'a plus de foyer, et qui va errer de rivage en rivage sur la terre étrangère, suivi du petit groupe de la famille, hélas ! déjà diminué par la mort. Pourquoi conserver cette maison veuve où le maître ne rentrera plus ? Que ferait d'un lit, d'une

table, d'un fauteuil, le poète qui n'a plus que le
monde pour patrie ?

Fatales nécessités, sur lesquelles nous devons
nous taire, et qu'il ne nous appartient pas de
discuter, mais qu'il nous est permis au moins
de déplorer, car nous avons été le disciple,
l'admirateur, et nous sommes toujours l'ami du
grand homme ainsi frappé. Qui nous eût dit,
après les soirées triomphales d'*Hernani*, de
Lucrèce Borgia, de *Ruy Blas*, lorsque, perdu,
nous l'un des plus obscurs, dans un flot de jeunesse enthousiaste, nous suivions le poète,
attendant un sourire, un mot amical, une poi-
gnée de main, que le Maître Suprême, le dieu de
la poésie, que nous n'abordions qu'avec des
terreurs et des tremblements, aurait un jour
besoin du secours de notre plume, afin d'annon-
cer la vente de son mobilier *pour cause de
départ*, et d'ajouter, par la publicité, quelque
obole à son pécule d'exil !

Il nous répugne vraiment par trop de dépoé-
tiser par une énumération de commissaire-priseur cet intérieur où nous avons passé des
heures si douces, dans une charmante intimité,
écoutant une de ces conversations d'art, de
voyage ou de philosophie, comme on n'en
entendra plus. Nous aimons mieux en retracer.

la physionomie vivante, et, par ce léger crayon
fait à la hâte, conserver la figure des lieux et la
place des objets. Ces quelques lignes seront
peut-être plus tard consultées comme documents
pour la biographie du poète.

M. Victor Hugo, après un long séjour à la
place Royale, avait transporté, rue de la Tour-
d'Auvergne, dans une vaste, calme et solitaire
maison propice à la rêverie et au travail, et des
fenêtres de laquelle on aperçoit Paris en pano-
rama, espèce d'océan immobile qui a sa grandeur comme l'autre. On traversait une cour
déserte, l'on montait, et au premier l'on trouvait
le logis hospitalier du poète, modeste demeure
pour un si grand nom, et où les étrangers, venus
de loin pour le saluer, s'étonnaient de ne trouver
ni portiques, ni colonnes de marbre.

Dès l'antichambre, le goût particulier du
poète se déclarait, car nul n'a plus imprimé le
cachet de sa fantaisie aux lieux qu'il habitait :
des fontaines chinoises, des vases en faïence de
Rouen, des armoires en laque du Japon, déco-
raient cette première pièce.

Le petit salon d'attente, revêtu de cuir de Cordoue gaufré et doré, encadrant deux panneaux
de tapisserie gothique de très vieille date, plus
ancienne même que la tapisserie de Bayeux,

s'éclairait par une fenêtre à vitraux allemands ou suisses; une cheminée en chêne sculpté, une glace à cadre de terre cuite où se déroulaient, à travers les arabesques de l'ornementation, les principales scènes du roman de *Notre-Dame de Paris*, un buste de nègre en pierre de touche, quelques fragments de boiserie antique, une grande pendule en marqueterie, en écaille et en cuivre, une chaise longue et un fauteuil en bambou de Chine, tel était l'ameublement de ce petit salon, dont la plus grande singularité consistait en un lutrin mobile tournant comme une roue, et destiné à porter des in-folio sur ses palettes; une vieille Bible ouverte et posée sur ses rayons faisait comprendre l'usage et l'utilité de ce meuble de bénédictin.

Nous n'en avons pas encore dit la principale richesse, un dessin magnifique représentant les bords du Rhin, illustration du livre exécutée par la main qui l'a écrit.

Victor Hugo, s'il n'était pas poète, serait un peintre de premier ordre; il excelle à mêler, dans des fantaisies sombres et farouches, les effets de clair-obscur de Goya à la terreur architecturale de Piranèse; il sait, au milieu d'ombres menaçantes, ébaucher d'un rayon de lune ou d'un éclat de foudre les tours d'un burg

démantelé, et, sur un rayon livide de soleil cou-
chant, découper en noir la silhouette d'une ville
lointaine avec sa série d'aiguilles, de clochers et
de beffrois. Bien des décorateurs lui envieraient
cette qualité étrange de créer des donjons, des
vieilles rues, des châteaux, des églises en ruine,
d'un style insolite, d'une architecture inconnue,
pleine d'amour et de mystère, dont l'aspect vous
oppresse comme un cauchemar.

De ce petit salon on entre dans la chambre à
coucher du poète qui ressemble un peu à la
chambre de la Tisbé. Un lit à colonnes salomoni-
ques et à dossiers dorés en occupe le fond avec
ses amples pentes de vieux damas des Indes. Les
murs sont tapissés de tentures de Chine, et le
plafond est orné d'une peinture allégorique de
Châtillon, représentant une femme couchée, souriant à un personnage vêtu comme Pétrarque
et qui étudie dans un grand livre. Dans la cheminée, faite de morceaux raccordés de bas-
reliefs gothiques, se prélassent deux mornes
chenets de fer, enlevés sans doute à l'âtre
colossal de quelque burg du Rhin, et sur lesquels Job et Magnus ont peut-être appuyé leurs
pieds chaussés d'acier.

Tout un monde de chimères, de potiches, de
sculptures, d'ivoires, jonche les étagères, reflétés

par des miroirs de Venise au cadre de cuivre
estampé; un beau banc de bois de chêne, du
travail gothique le plus délicatement fenestré
et fleuri, y sert de canapé. Dans un coin se
cache la petite table sur laquelle ont été écrits
tant de beaux vers, de drames pathétiques et de
pages impérissables. Une boussole ancienne, des
cachets, un encrier, un coffret de fer précieusement ouvragé, chargent le vieux tapis qui la
recouvre. Aux murs sont appendus plusieurs
dessins de maîtres, dont quelques-uns portent
des épigraphes.

Le salon, tendu en damas de soie bleue, est
plafonné d'une grande tapisserie à sujets tirés
de *Télémaque*; des nègres en bois doré suppor-
tent des torchères : une cheminée en velours
rouge avec des figures en plâtre aussi doré; des
glaces anciennes, des tableaux de Saint-Evre,
de Paul Huet, de Nanteuil, de Boulanger; des
portraits du poète, de sa femme et de ses enfants,
un buste monumental par David, des portes de
laque du Japon, et un grand meuble de satin
blanc à fleurs, forment la décoration de cette
pièce, la plus vaste du logis.

La salle à manger qui la précède est tendue de
tapisseries anciennes, garnie de dressoirs en chêne
sculpté, de torchères et de lustres hollandais.

Sur les étagères et les bahuts s'entassent des porcelaines du Japon, des faïences de Rouen et de Vincennes, des verres de Bohême ou de Venise, mille curiosités entassées une à une par la fantaisie patiente du poète, en furetant les vieux quartiers des villes qu'il a parcourues.

Tout ce poème domestique va être démembré et vendu hémistiche par hémistiche, nous voulons dire fauteuil par fauteuil, rideau par rideau. Espérons que les nombreux admirateurs du poète s'empresseront à cette triste vente, qu'ils auraient dû empêcher, en achetant par souscription le mobilier et la maison qui le renferme, pour les rendre plus tard à leur maître, ou à la France, s'il ne doit pas revenir. En tout cas, qu'ils songent que ce ne sont pas des meubles qu'ils achètent, mais des reliques.

XLI

A. PROPOS DU MÉLODRAME INTITULÉ

« LA CHAMBRE ARDENTE »

17 octobre 1854.

Tout en regardant Mademoiselle Georges, nous songions malgré nous, à travers le mélodrame, à cette grande épopée des *Burgraves* où marche, en faisant résonner ses pieds de marbre sur les dalles de granit, cette vieille titanique et farouche, plus grande que la Sybille de Michel-Ange, plus effrayante que la Porkyas de Gœthe, cette gigantesque personnification de la haine, Guanhumara, colosse tragique, moitié Euménide, moitié sorcière, et que nulle actrice au monde

ne serait capable de représenter comme Mademoiselle Georges.

Comme elle serait belle dans ce rôle surhumain, comme elle serait à l'aise, parmi ces
chevaliers géants, mastodontes féodaux d'un âge
disparu ! Comme elle dirait avec des lèvres de
bronze ces grands alexandrins qui rendent des
sons d'armures entrechoquées ! Comme elle por-
terait de manière à faire honte à la pourpre, le
haillon de l'esclavage !

Mais laissons là le rêve, et revenons à la réalité.

LES
INTERPRÈTES DE VICTOR HUGO

XLII

MADEMOISELLE GEORGES

Octobre 1857.

Il y a bien longtemps que Mademoiselle Georges est belle, et l'on pourrait dire d'elle ce que le paysan disait d'Aristide : « Je te bannis parce que cela m'ennuie de t'entendre appeler Juste ».

Nous ne ferons pas comme ce brave manant grec, quoi qu'il soit évidemment plus difficile d'être toujours beau que d'être toujours juste. Cependant Mademoiselle Georges semble avoir résolu cet important problème ; les années glis-

sent sur sa face de marbre sans altérer en rien
la pureté de son profil de Melpomène grecque.

Sa conservation est bien autrement miraculeuse que celle de Mademoiselle Mars, qui n'est,
du reste, aucunement conservée, et ne peut plus
faire illusion dans les rôles de jeune première
qu'à des fournisseurs de la République et à des
généraux de l'Empire.

Malgré le nombre exagéré de lustres qu'elle
compte, Mademoiselle Georges est réellement
belle, et très belle.

Elle ressemble à s'y méprendre à une mé-
daille de Syracuse ou à une Isis des bas-reliefs
éginétiques.

L'arc de ses sourcils, tracé avec une pureté et
une finesse incomparables, s'étend sur deux
yeux noirs pleins de flammes et d'éclairs tragiques; le nez, mince et droit, coupé d'une
narine oblique et passionnément dilatée, s'unit
avec son front par une ligne d'une simplicité
magnifique; la bouche est puissante, arquée à
ses coins, superbement dédaigneuse, comme
celle de la Némésis vengeresse qui attend l'heure
de démuseler son lion aux ongles d'airain. Cette
bouche a pourtant de charmants sourires épa-
nouis avec une grâce tout impériale, et l'on ne
dirait pas, quand elle veut exprimer les passions

tendres, qu'elle vient de lancer l'imprécation antique ou l'anathème moderne.

Le menton, plein de force et de résolution, se relève fermement, et termine par un contour majestueux ce profil, qui est plutôt d'une déesse que d'une femme.

Comme toutes les belles femmes du cycle païen, Mademoiselle Georges a le front plein, large, renflé aux tempes, mais peu élevé, assez semblable à celui de la Vénus de Milo, un front volontaire, voluptueux et puissant, qui convient également à la Clytemnestre et à la Messaline.

Une singularité remarquable du col de Mademoiselle Georges, c'est qu'au lieu de s'arrondir intérieurement du côté de la nuque, il forme un contour renflé et soutenu qui lie les épaules au fond de la tête sans aucune sinuosité, diagnostic de tempérament athlétique, développé au plus haut point chez l'Hercule Farnèse.

L'attache des bras a quelque chose de formidable pour la vigueur des muscles et la violence du contour. Un de leurs bracelets ferait une ceinture pour une femme de taille moyenne. Mais ils sont très blancs, très purs, terminés par un poignet d'une délicatesse enfantine et des mains mignonnes frappées de fossettes, de vraies mains royales, faites pour porter le sceptre, et pétrir le manche du poignard d'Eschyle et d'Euripide.

Mademoiselle Georges semble appartenir à une race prodigieuse et disparue; elle vous étonne autant qu'elle vous charme. L'on dirait une femme de Titan, une Cybèle mère des dieux et des hommes, avec sa couronne de tours crénelées; sa construction a quelque chose de cyclopéen et de pélasgique. On sent en la voyant qu'elle reste debout, comme une colonne de granit, pour servir de témoin à une génération anéantie, et qu'elle est le dernier représentant du type épique et surhumain.

C'est une admirable statue à poser sur le tombeau de la Tragédie, ensevelie à tout jamais.

20.

XLIII

MORT DE MADEMOISELLE GEORGES

14 janvier 1867.

Il est de ces figures qui laissent dans le souvenir une trace tellement radieuse qu'elles semblent devoir être immortelles; même quand depuis longtemps déjà elles sont disparues de la scène, elles restent mêlées à la vie, on s'en occupe, et leur nom ailé voltige sur les lèvres des hommes. Elles sont entrées, quoique réelles, dans ce monde des types créés par les poètes, où l'âge, le temps, les dates n'existent plus; l'ombre de la retraite ne peut pas éteindre leur éclat. Quoiqu'on ne les voie plus, elles sont pré-

sentes, et l'on a peine à s'imaginer qu'elles su-
bissent le sort commun. Mademoiselle Georges
était une·de celles-là; on aurait cru qu'elle dure-
rait éternellement, comme cette superbe Melpomène de Velletri, du Musée des Antiques,
qu'on eût prise pour le portrait anticipé de l'illustre tragédienne.

Elle avait près de quatre-vingts ans, la
grande Georges, et les générations d'admirateurs s'étaient succédé devant elle, et les fils
comme les pères vantaient sa beauté indestructible. Le temps, *edax rerum*, semblait avoir peur
d'altérer ce pur marbre; il le respectait, il le
ménageait, sachant bien que la Nature serait
longue à reproduire un pareil chef-d'œuvre.
Georges était faite à la taille des tragédies d'Eschyle; sur le théâtre de Bacchus, elle eût, dans
l'*Orestie*, joué Clytemnestre sans cothurnes. Et
ce n'était pas seulement une statue digne de
Phidias, une forme merveilleuse et parfaite :
l'intelligence, la passion, le génie animaient ce
beau corps; une âme brûlait dans cette perfection sculpturale.

Cette Melpomène, que les Grecs n'eussent pas
rêvée plus belle, plus sévère et·plus grandiose,
savait sortir de son temple à colonnes doriques,
et entrer, la tête haute, dans le décor compliqué

du drame; son profil magnifique ne se détachait
pas moins pur d'une tenture en cuir de Cordoue
que d'un *velum* de pourpre. Elle était chez elle
à Venise et à Ferrare, comme à Rome ou à
Mycènes, et en venant de l'antiquité dans le
moyen âge elle ressemblait à Hélène dans le
château gothique de Faust. La déesse se devinait
à travers le costume. Chose étrange, elle a été
l'idole des classiques et l'idole des romantiques.
Quelle Clytemnestre, quelle Agrippine, quelle
Cléopâtre, quelle Sémiramis! disaient les uns.
— Quelle Lucrèce Borgia, quelle Marie Tudor,
quelle Marguerite de Bourgogne! répondaient
les autres. Et les deux partis avaient raison : le
drame lui doit autant que la tragédie.

Nous n'avons connu Mademoiselle Georges
qu'après 1830, et pour ainsi dire dans la phase
moderne de son talent. Quoique dès lors elle
eût passé l'âge qu'on appelle jeunesse pour les
autres femmes, elle était de la plus étonnante
beauté. C'est toujours avec éblouissement que
nous nous rappelons le sourire par lequel elle
ouvrait le second acte de *Marie Tudor*, à demi
couchée sur une pile de carreaux, vêtue de
velours nacarat à crevés de brocart d'argent, sa
main royale effleurant les cheveux bruns de
Fabiano Fabiani agenouillé. Son profil nacré se

découpait sur un fond d'une richesse sombre;
elle étincelait, elle nageait dans la lumière; elle
avait des fulgurations de beauté, des élance-
ments d'éclat, et représentait comme dans un
rêve la puissance enivrée par l'amour. Avant
qu'elle eût dit un mot, des tonnerres d'applaudissements qui ne pouvaient s'apaiser retentis-
saient du parterre au cintre.

Comme elle était belle aussi dans Lucrèce
Borgia, quand elle se penchait sur le front de
Gennaro endormi, et avec quelle fierté terrible
elle se redressait sous le foudroiement d'insultes
lorsque son masque arraché trahissait son in-
cognito! On voyait, à travers la lividité de sa
colère impuissante, luire comme une réverbé-
ration d'enfer le projet de quelque épouvantable
vengeance. De quel ton elle disait au duc, dans
la scène des flacons : « Don Alfonse de Ferrare,
mon quatrième mari! » Et ce rugissement de
tigresse quand, au dernier acte, elle montrait
leurs cercueils à ses convives empoisonnés!
« Vous m'avez donné un bal à Venise, je vous
rends un souper à Ferrare! » Qui ne se souvient
de cette phrase? Sa voix stridente en scandait
chaque syllabe avec une lenteur cruelle qui
augmentait l'oppression des cœurs. C'était là de
la vraie terreur, de la vraie passion, du vrai

drame. En ce temps-là, pour jouer ces œuvres hardies, il y avait un quatuor sublime : Frédérick Lemaître, Bocage, Mademoiselle Georges, Madame Dorval. Il n'en reste plus qu'un seul, de ces fiers artistes, le plus grand peut-être, Frédérick. Le siècle, en avançant, se dépeuple, et tous ces grands morts nous ne voyons pas qui les remplacera dans l'avenir encore obscur; car Rachel, cette flamme ardente dans ce corps frêle, est partie avant Georges.

Quoique appartenant à une autre génération, Mademoiselle Georges a été notre contemporaine par ses succès dans le drame moderne ; elle avait quitté Eschyle pour Shakespeare — ce n'est pas là une défection — et s'était généreusement associée aux efforts de notre école. Elle nous a ébloui, ému, passionné; elle a fait passer sur nous le grand souffle des terreurs tragiques. Son souvenir est lié à celui d'œuvres qui ont été les événements de notre jeunesse, et il nous semble qu'une partie de nous-même s'en aille avec elle. Ainsi, pièce à pièce, l'édifice où nous avons vécu s'écroule, et chaque pierre qui tombe porte un nom illustre suivi d'une épitaphe. Les représentants de nos anciens rêves s'évanouissent, nos interlocuteurs d'autrefois entrent dans l'éternel silence, nos types de beauté s'effacent; nos amours, nos admirations ne sont plus; notre idéal a fui.

Il nous faut chercher un autre milieu, faire de nouvelles connaissances, accoutumer nos yeux à des visages inconnus, trouver d'autres gloires, inventer des talents, prendre la jeunesse où elle est, admirer ce qui vient, tâcher de lire les livres qu'on imprime, d'écouter les pièces qu'on joue; en un mot, refaire de fond en comble le mobilier de notre vie. C'est le train du monde, et l'on aurait tort de s'en plaindre. Chaque flot luit un moment sous le rayon, et puis rentre dans l'ombre. Heureuse encore la vague qui reçoit le reflet de lumière! Mais avec quelque courage qu'on s'enfonce dans le mystérieux avenir, on ne peut se défendre d'un mélancolique retour sur soi-même, à chacune de ces morts qui diminuent le nombre des témoins et des compagnons de notre passé; on songe avec effroi qu'on va bientôt être comme un étranger, dont personne ne sait l'origine et les antécédents, parmi la génération actuelle; un douloureux sentiment de solitude s'empare de votre âme, et l'on se dit que peut-être on eût bien fait de s'en aller avec les autres.

L'illustre tragédienne repose sur la colline aux arbres verts, ayant pour linceul le manteau

noir de Rodogune, qu'elle portait à sa représentation d'adieu. Ainsi un soldat tombé dort dans
son manteau de guerre.

XLIV

MADEMOISELLE RACHEL

Nous n'avons pas envie de faire la biographie de Mademoiselle Rachel. Cette curiosité vulgaire qui cherche des détails insignifiants ou mesquins, nous déplaît plus que nous ne saurions le dire. Cependant, nous croyons pouvoir, sans manquer aux convenances, fixer quelques traits de la physionomie générale de l'illustre tragédienne, dont cette périphrase remplaçait presque le nom.

Mademoiselle Rachel, sans avoir de connaissances ni de goûts plastiques, possédait instinctivement un sentiment profond de la statuaire.

Ses poses, ses attitudes, ses gestes s'arrangeaient
naturellement d'une façon sculpturale, et se
décomposaient en une suite de bas-reliefs. Les
draperies se plissaient, comme fripées par la
main de Phidias, sur son corps long, élégant et
souple; aucun mouvement moderne ne troublait
l'harmonie et le rythme de sa démarche; elle
était née antique, et sa chair pâle semblait faite
avec du marbre grec. Sa beauté méconnue — car
elle était admirablement belle — n'avait rien de
coquet, de joli, de français, en un mot; longtemps même elle passa pour laide, tandis que
les artistes étudiaient avec amour, et reprodui-
saient comme un type de perfection ce masque
aux yeux noirs, détaché de la face même de
Melpomène! Quel beau front, fait pour le cercle
d'or ou la bandelette blanche! quel regard fatal
et profond! quel ovale purement allongé!
quelles lèvres dédaigneusement arquées à leurs
coins! quelles élégantes attaches de col! Quand
elle paraissait, malgré les fauteuils à serviette
et les colonnades corinthiennes supportant des
voûtes à rosaces en pleine Grèce héroïque, malgré l'anachronisme trop fréquent du langage,
elle vous reportait tout de suite à l'antiquité la
plus pure. C'était la *Phèdre* d'Euripide, non
plus celle de Racine, que vous aviez devant les

yeux : elle ébauchait à main levée, en traits
légers, hardis et primitifs comme les peintres
des vases grecs, une figure aux longues draperies, aux sobres ornements, d'une austérité gracieuse et d'un charme archaïque qu'il était
impossible d'oublier, désormais. Nous ne voudrions en rien diminuer sa gloire, mais là était
l'originalité de son talent : Mademoiselle Rachel
fut plutôt une mime tragique qu'une tragédienne dans le sens qu'on attache à ce mot. Son
succès, déjà si grand chez nous, eût été plus
grand encore sur le théâtre de Bacchus, à
Athènes, si les Grecs avaient admis les femmes
à chausser le cothurne; non pas qu'elle gesti-
culât, car l'immobilité fut au contraire l'un de
ses plus puissants moyens, mais elle réalisait
par son aspect tous les rêves, de reines, d'héroïnes
et de victimes antiques, que le spectateur pouvait
faire. Avec un pli de manteau elle en disait
souvent plus que l'auteur avec une longue
tirade, et ramenait d'un geste aux temps fabu-
leux et mythologiques la tragédie qui s'oubliait
à Versailles.

Seule, elle avait fait vivre pendant dix-huit
ans une forme morte, non pas en la rajeunis-
sant, comme on pourrait le croire, mais en la
rendant antique, de surannée qu'elle était peut-

être; sa voix grave, profonde, vibrante, ména-
gère d'éclats et de cris, allait bien avec son jeu
contenu et d'une tranquillité souveraine. Personne n'eut moins recours aux contorsions
épileptiques, aux rauquements convulsifs du
mélodrame, ou du drame, si vous l'aimez mieux.
Quelquefois même on l'accusa de manquer de
sensibilité, reproche inintelligent à coup sûr :
Mademoiselle Rachel fut froide comme l'antiquité, qui trouvait indécentes les manifestations
exagérées de la douleur, permettant à peine au
Laocoon de se tordre entre les nœuds des ser-
pents, et aux Niobides de se contracter sous les
flèches d'Apollon et de Diane. Le monde
héroïque était calme, robuste et mâle. Il eût
craint d'altérer sa beauté par des grimaces; et
d'ailleurs nos souffrances nerveuses, nos désespoirs puérils, nos surexcitations sentimentales
eussent glissé comme de l'eau sur ces natures
de marbre, sur ces individualités sculpturales
que la fatalité pouvait seule briser après une
longue lutte. Les héros tragiques étaient presque
les égaux des dieux, dont ils descendaient souvent, et ils se rebellaient contre le sort, plus
qu'ils ne pleurnichaient. Mademoiselle Rachel
eut donc raison de ne pas avoir, comme on dit,
de larmes dans la voix, et de ne pas faire trem-

bloter et chevroter l'alexandrin avec la sensi-
blerie moderne. La haine, la colère, la vengeance, la révolte contre la destinée, la passion,
mais terrible et farouche, l'amour aux fureurs
implacables, l'ironie sanglante, le désespoir
hautain, l'égarement fatal, voilà les sentiments
que doit et peut exprimer la tragédie, mais
comme le feraient des bas-reliefs de marbre aux
parois d'un palais ou d'un temple, sans violenter
les lignes de la sculpture, et en gardant l'éternelle sérénité de l'art.

Aucune actrice, mieux que Mademoiselle
Rachel, n'a rendu ces expressions synthétiques
de la passion humaine personnifiées par la
tragédie sous l'apparence de dieux, de héros,
de rois, de princes et de princesses, comme
pour mieux les éloigner de la réalité vulgaire
et du petit détail prosaïque. Elle fut simple,
belle, grande et mâle comme l'art grec, qu'elle
représentait à travers la tragédie française.

Les auteurs dramatiques, voyant la vogue
immense qui s'attachait à ses représentations,
rêvèrent souvent de l'avoir pour interprète. Si
quelquefois elle accéda à ces désirs, ce ne fut,
on peut le dire, qu'à regret, et après de longues
hésitations. Bien qu'on la blamât de ne rien
faire pour l'art de son époque, elle sentait avec

21.

son tact si profond et si sûr qu'elle n'était pas moderne, et qu'à jouer ces rôles offerts de toutes parts elle altérait les lignes antiques et pures de son talent. Elle garda toute sa vie son attitude de statue, et sa blancheur de marbre. Les quelques pièces jouées en dehors de son vieux répertoire ne doivent pas compter, et elle les quitta aussitôt qu'elle le put.

Ainsi donc Mademoiselle Rachel n'a exercé aucune influence sur l'art de notre temps ; mais, en revanche, elle n'en a pas subi. C'est une figure à part, isolée sur son socle au milieu du thymélé, et autour de laquelle les chœurs et les demi-chœurs tragiques ont fait leurs évolutions selon le rythme ancien. On peut l'y laisser, ce sera la meilleure figure funèbre sur le tombeau de la tragédie.

Nous disions tout à l'heure que Mademoiselle Rachel n'avait exercé aucune influence sur la littérature contemporaine ; nous avons parlé d'une manière trop absolue : elle ne s'y mêla pas, il est vrai, mais, en ressuscitant la vieille tragédie morte elle enraya le grand mouvement romantique qui eût peut-être doté la France d'une forme nouvelle de drame. Elle rejeta aux scènes inférieures plus d'un talent découragé ; mais, d'un autre côté, par sa beauté, par son

génie, elle fit revivre l'idéal antique, et donna le
rêve d'un art plus grand que celui qu'elle inter-
prétait.

Dans la vie privée, Mademoiselle Rachel ne
détruisait pas, comme beaucoup d'actrices, l'illusion qu'elle produisait en scène; elle gardait au
contraire tout son prestige. Personne n'était
plus simplement grande dame. La statue n'avait
aucune peine à devenir une duchesse, et portait le long cachemire comme le manteau de
pourpre à palmettes d'or; ses petites mains, à
peine assez grandes pour entourer le manche
du poignard tragique, maniaient l'éventail
comme des mains de reine. De près, les détails
délicats de sa figure charmante se révélaient,
sous son profil de camée, dans la corolle du
chapeau, et s'éclairaient d'un spirituel sourire.
Du reste, nulle tension, nulle pose, et parfois
un enjouement qu'on n'eût pas attendu d'une
reine de tragédie; plus d'un mot fin, d'une
repartie ingénieuse, d'un trait heureux qu'on a
recueillis sans doute, ont jailli de cette belle
bouche dessinée comme l'arc d'Eros, et muette
maintenant à jamais.

Triste destinée, après tout, que celle de l'acteur. Il ne peut pas dire comme le poète : *Non
omnis moriar*. Son œuvre passagère ne reste pas,

et toute sa gloire descend au tombeau avec lui.
Seul, son nom flotte et voltige quelque temps
sur les lèvres des hommes. Parmi la génération
actuelle, qui se fait une idée bien nette de
Talma, de Malibran, de Mademoiselle Mars, de
Madame Dorval? Quel est le jeune homme qui
ne sourie aux récits merveilleux de quelque
vieil amateur se passionnant encore de souvenir,
et ne préfère *in petto* une médiocrité fraîche
et vivante, jouant l'œuvre éphémère du moment,
aux clartés flambantes de la rampe? Aussi,
nous autres sculpteurs patients de ce dur paros
qu'on appelle le vers, n'envions pas, dans notre
misère et notre solitude, ce bruit, ces applaudissements, ces éloges, ces couronnes, ces pluies
d'or et de fleurs, ces voitures dételées, ces
sérénades aux flambeaux, ni même, après la
mort, ces cortèges immenses qui semblent vider
une ville de ses habitants. Pauvres belles comédiennes, pauvres reines sublimes! L'oubli les
enveloppe tout entières, et le rideau de la
dernière représentation, en tombant, les fait
disparaître pour toujours. Parfums évaporés,
sons évanouis, images fugitives! La gloire sait
qu'elles ne doivent pas vivre, et leur escompte
les faveurs qu'elle fait si longtemps attendre
aux poètes immortels.

XLV

MADAME DORVAL

16 janvier 1838.

Il y a une erreur enracinée chez tous les gens qui voient seulement l'extérieur du théâtre, une erreur banale et béotienne, c'est que les auteurs ou les acteurs du *drame* proprement dit doivent avoir communément la mine allongée, l'extérieur sombre, et un poignard catalan dans leur gousset. La gaîté semblerait une anomalie choquante à ces bons bourgeois s'ils la rencontraient sur le visage d'Alexandre Dumas ou de Bocage, de Victor Hugo ou de Frédérick Lemaître. Ils vous raconteront que Dumas a tué plusieurs matelots dans son voyage de Sicile;

que Bocage va chaque matin pleurer au cimetière Vaugirard ; que Victor Hugo habite une caverne non loin de Paris, et que Frédérick Lemaître a tenté nombre de fois de s'asphyxier *sous les fenêtres* d'une princesse russe.

L'esprit et la verve joyeuse qui caractérisent la conversation de Dumas, les allures tranquilles et paternelles de Victor Hugo, Bocage et Frédérick Lemaître, vêtus de bleu barbeau, et jouant au billard près de l'Ambigu, les confondraient de surprise.

Jugez ce que ce gros public doit penser nécessairement des actrices qui jouent le drame !

A leur tête se place naturellement Madame Dorval. Madame Dorval leur paraît une véritable victime. Quelle âme, quelle tristesse élégiaque empreinte dans ce regard doux et voilé ! « Je suis sûr que c'est une femme qui pleure huit heures par jour », dit un miroitier à son voisin. — « On m'a dit qu'elle avait une chambre en velours noir ». « Elle va à l'église », etc., etc.

C'est ainsi que le miroitier ingénu, qui a vu Madame Dorval dans Adèle, d'*Antony*, dans la femme du *Joueur*, dans *Charlotte Corday*, et surtout dans Marguerite, du *Faust* de Goëthe, rôles empreints de tout le génie douloureux et de la passion résignée de Madame Dorval, juge

cette grande comédienne. Heureusement que le
bourgeois et le miroitier (Nous l'espérons bien
pour l'honneur du corps des journalistes),
n'écrivent ni biographies ni feuilletons.

Madame Dorval est une de ces natures privi-
légiées qui doivent échapper au sens vulgaire ;
elle ne se révèle guère qu'à son monde d'initiés,
à ses amis ou à ses auteurs habituels. Cette
Adèle d'*Antony*, dont le sourire a tant de tristesse et de larmes, déploie chez elle tous les
trésors de son esprit naturellement vif et joyeux.
Le propre de l'esprit de Madame Dorval, c'est
une gaîté franche et de bon aloi, naïve et jeune
comme la chanson de l'oiseau qui court les
épis, obligeante et vous mettant tout de suite à
l'aise, qui que vous soyez, ce qui est le propre
des véritables riches en fait d'esprit, nobles
cœurs qui tendent la main aux plus pauvres. La
conversation de Madame Dorval ne s'alimente
jamais de ces lieux-communs si tristes, que
Voisenon appelle *de bons amis qui ne manquent
jamais au besoin*; elle se pend, au contraire, le
plus follement du monde, aux branches de la
folie ou du paradoxe, secouant l'arbre à le
briser, animant tout, raillant tout, imprudente à
se dépenser de cent mille façons, et ne concevant
pas que l'on puisse faire des économies.

Nullement ambitieuse de l'effet, n'affichant
aucune prétention *au mot*, Madame Dorval
l'atteint sûrement; toutes ses témérités d'esprit
sont heureuses. La candeur de cet esprit est son
cachet, il vous monte au nez comme le bouquet
du meilleur vin. Ce qu'il y a d'inouï chez Madame Dorval, c'est qu'elle pourrait à coup sûr en
tirer un autre parti. Nous ne craignons pas de
dire que si Madame Dorval voulait écrire n'importe quel livre sans le signer, le livre serait lu.
Nous tenons en main un album où Madame Dorval a consigné quelques pensées et maximes
d'écrivains de tous les pays; cet album est une
Babylone de choses; on y rencontre les noms de
Schiller, de Victor Hugo, de Napoléon, de Jésus-
Christ, de Mahomet, de Sainte-Beuve, etc., etc.
Ces extraits divers sont le résultat des lectures
de Madame Dorval; mais leur choix indique
une fantaisie et une *humour* que rien ne peut
rendre. Vous diriez, à parcourir ce livre, écrit
en entier de la main de Marie Dorval, que vous
suivez le fil d'une de ces bacchanales admirables
de Jordaëns : les pensées se croisent avec les
histoires, la poésie avec la prose; il y a des cal-
culs d'arithmétique et des prédictions d'astro-
nomie. Tout cela danse en spirale fantasque,
tout cela forme autant de fusées qui semblent

éclairer la route parcourue jusqu'ici par madame Dorval.

Nous nous sommes entendu demander plus d'une fois par des gens de province, moins béotiens que le miroitier précité : « Madame Dorval a-t-elle de l'esprit? » Nous avons répondu à ces gens que nous ne pouvions décemment présenter chez l'aimable actrice : « L'avez-vous vue dans la *Jeanne Vaubernier*, de M. Balissan de Rougemont? »

Ce rôle est, en effet, une des meilleures preuves de l'esprit de madame Dorval. Elle le joue en comédienne qui a de l'ironie et du trait dans chaque pli de son éventail. Il ne faut pas que M. Balissan de Rougemont se rengorge pour cela, car c'est bien malgré lui que madame Dorval a déployé tant de finesse joyeuse dans cette fable banale. Les bonnes comédiennes jouent quelquefois de bons tours aux mauvais auteurs; un tour comme celui-ci est une noble vengeance.

Afin que cet article rassure pleinement les gens qui persistent à croire que madame Dorval habite un tombeau, nous voulons bien leur dire que son salon a l'air d'une véritable succursale de celui de Marion Delorme. On y trouve tout le confortable et toute l'élégance du jour, des albums, des tableaux, des statuettes, un piano,

22

des fleurs, de la tapisserie et des porcelaines.
Nous n'y avons pas vu de voile noir, de poison
des Borgia, de lame de Tolède, ni de stylets. On y
prend du thé, on s'y étend sur de bons sophas,
on y cause avec des gens d'esprit, on se permet
d'y rire de certaines actrices, et l'on y voit assez
rarement des acteurs.

XLVI

MORT DE MADAME DORVAL

1er juin 1849.

Ce qui a tué Madame Dorval, c'est sa trop vive sensibilité, c'est la passion, l'enthousiasme, l'âme trop prodiguée, l'huile brûlée vite dans une lampe ardente, l'indifférence, le dédain de certains grands théâtres, le silence qui se faisait autour d'un nom naguère retentissant, et surtout le regret d'un enfant perdu, car, ainsi que le dit Victor Hugo, le grand poète :

Ces petits bras son forts pour vous tirer en terre !

Nous connaissions à peine madame Dorval, et, cependant, il nous semble avoir perdu une

amie intime; une part de notre âme et de notre
jeunesse descend dans la tombe avec elle; lorsqu'on a de longue main suivi une actrice à travers les transformations de sa vie de théâtre,
qu'on a pleuré, aimé, souffert avec elle, sous les
noms dont la fantaisie des poètes la baptise, il
s'établit entre elle et vous, — elle figure rayonnante, vous spectateur perdu dans l'ombre, —
un magnétisme qu'il est difficile de ne pas croire
réciproque.

Quand de cette bouche aimée s'envolent les
pensées secrètes de votre cœur, avec les vers
du maître admiré que vous récitez en même
temps qu'elle, il vous semble que c'est pour vous
seul qu'elle parle ainsi, pour vous seul qu'elle
trouve ces accents qui remuent toute une salle,
pour vous seul qu'elle a choisi ce rôle, pour vous
seul qu'elle a mis cette rose dans ses cheveux,
ce velours noir à son bras; réalisant le rêve des
poètes, elle devient pour le critique une espèce
de maîtresse idéale, la seule peut-être qu'il
puisse aimer. Les vers d'Alfred de Musset :

> S'il est vrai que Schiller n'ait aimé qu'Amélie,
> Gœthe que Marguerite et Rousseau que Julie,
> Que la terre leur soit légère, — ils ont aimé !

s'appliquent tout aussi justement aux feuille-
tonistes qu'aux poètes.

Adèle d'Hervey, Ketty Bell, Marion Delorme, vous avez vécu pour nous d'une vie réelle ; vous ne fûtes point de vains fantômes fardés, séparés de nous par un cordon de feu ; nous avons cru à votre amour, à vos larmes, à vos désespoirs ; jamais chagrins personnels ne nous ont serré le cœur et rougi la paupière autant que les vôtres ; et si nous avons survécu à votre mort de chaque soir, c'est l'espérance de vous revoir le lendemain, plus tristes, plus plaintives, plus passionnées et plus charmantes, qui nous a soutenu. Ah ! comme nous avons été jaloux d'Antony, de Chatterton et de Didier !

Un grand vide se fait dans l'âme lorsque les choses qui ont passionné votre jeunesse disparaissent les unes après les autres : où retrouver ces émotions, ces luttes, ces fureurs, ces emportements, ce dévouement sans bornes à l'art, cette puissance d'admiration, cette absence complète d'envie qui caractérisèrent cette belle époque, ce grand mouvement romantique qui, semblable à celui de la Renaissance, renouvela l'art de fond en comble, et fit éclore du même coup Lamartine, Hugo, Alexandre Dumas, Alfred de Musset, Sand, Balzac, Sainte-Beuve, Auguste Barbier, Delacroix, Louis Boulanger, Ary Scheffer, Devéria, Decamps, David

22.

(d'Angers), Barye, Hector Berlioz, Frédérick Lemaître et Madame Dorval, disparue trop tôt de cette pléiade étincelante, dont elle n'était pas une des moins lumineuses étoiles!

Frédérick Lemaître, que nous venons de nommer, et Madame Dorval formaient un couple théâtral parfaitement assorti. C'était la vraie femme de Frédérick, comme Frédérick était son vrai mari, — sur la scène, bien entendu. — Ces deux talents se complétaient l'un par l'autre et se grandissaient en se rapprochant. Frédérick était l'homme qu'il fallait pour faire pleurer cette femme; mais aussi, comme elle savait l'attendrir quand sa fureur était passée! quels accents elle lui arrachait! Qui ne les a pas vus ensemble, dans *le Joueur* par exemple, dans *Peblo, ou le Jardinier de Valence*, n'a rien vu; il ne connaît ni tout Frédérick, ni toute madame Dorval. Frédérick doit aujourd'hui se sentir bien veuf.

Ce bonheur d'avoir rencontré un talent pareil au sien, avec qui elle puisse engager une de ces belles luttes dramatiques qui soulèvent les salles, a manqué, jusqu'à présent, à mademoiselle Rachel.

Le talent de madame Dorval était tout passionné, non qu'elle négligeât l'art, mais l'art lui

venait de l'inspiration ; elle ne calculait pas son
jeu geste par geste, et ne dessinait pas ses entrées et ses sorties avec de la craie sur le plan-
cher : elle se mettait dans la situation du personnage, elle l'épousait complètement, elle
devenait lui, et agissait comme il aurait agi :
de la phrase la plus simple, d'une interjection,
d'un *oh!* d'un *mon Dieu!* elle faisait jaillir des
effets électriques, inattendus, que l'auteur n'avait
pas même soupçonnés. Elle avait des cris d'une
vérité poignante, des sanglots à briser la poitrine, des intonations si naturelles, des larmes
si sincères, que le théâtre était oublié et qu'on
ne pouvait croire à une douleur de conven-
tion.

Madame Dorval ne devait rien à la tradition.
Son talent était essentiellement moderne, et
c'est là sa plus grande qualité : elle a vécu dans
son temps, avec les idées, les passions, les
amours, les erreurs et les défauts de son temps ;
dramatique et non tragique, elle a suivi la fortune des novateurs, et s'en est bien trouvée.
Elle a été femme où d'autres se seraient con-
tentées d'être actrices : jamais rien de si vivant,
de si vrai, de si pareil aux spectatrices de la salle,
ne s'était montré au théâtre : il semblait qu'on
regardât, non sur une scène, mais par un trou,

dans une chambre fermée, une femme qui se serait crue seule.

Le Théâtre-Français doit avoir le remords de ne s'être pas attaché cette grande actrice, comme il aura plus tard le regret d'avoir laissé Frédérick, un acteur plus grand et plus vaste que Talma, s'abrutir à la Porte-Saint-Martin ou courir la province.

Nous avons au moins une consolation : ces éloges, fleurs funèbres que nous jetons sur la tombe de la grande actrice, nous n'avons pas attendu qu'elle y fût couchée pour les lui offrir : elle a pu, vivante, jouir de cette admiration compréhensive et passionnée, de ces louanges enthousiastes, ambroisie plus douce aux lèvres des artistes que le vin de la richesse dans des coupes d'or ciselées. Nous ne sommes pas de ces panégyristes posthumes qui n'exaltent que les défunts, et vous reconnaissent toutes les qualités possibles dès que vous êtes cloué dans la bière. Pourquoi ne pas être tout de suite, pour les contemporains de génie ou de talent, de l'avis de la postérité? pourquoi ces effusions lyriques adressées à des ombres?

Le plus lointain souvenir que nous ayons sur madame Dorval, c'est la première représentation de *Marion de Lorme*. Le drame venait de la pren-

dre au mélodrame; la poésie au patois du boulevard. Aussi, comme elle était heureuse, et fière,
et rayonnante! comme elle semblait à son aise
dans cette grande passion et dans ce grand style!
comme elle planait d'une aile facile, soutenue
par le souffle puissant du jeune maître! Nous la
voyons encore avec ces longues touffes de cheveux blonds mêlés de perles, sa robe de satin
blanc, et se faisant défaire par dame Rose.

Le dernier rôle où nous l'ayons vue, c'est
Marie-Jeanne, une autre Marie, car ce nom qui·
était le sien lui sied à merveille. Ce n'était plus
la brillante courtisane attendrie et purifiée par
l'amour, c'était la pauvre femme du peuple, la
mère de douleurs du faubourg, ayant dans le
cœur les sept pointes d'épée, comme la *Marie au
Golgotha*.

Ce n'était plus la haute poésie dramatique,
mais c'était du moins la vérité simple et touchante qu'il fallait à son talent naturel, qu'elle
avait un peu compromis dans des tentatives
tragiques, dans la *Lucrèce* de Ponsard, par exemple; car elle aussi, la pauvre femme, ignorante
dans toutes ces discussions, et qui ne savait que
son cœur, avait eu un instant de doute et de
faiblesse. Elle s'était laissée aller à l'école du
bon sens et avait voulu débiter des songes

comme une tragédienne du Théâtre-Français.
Heureusement, elle n'a fait qu'un pas dans cette
voie fatale. Elle avait reconnu à temps qu'il ne
faut pas sortir de son sillon, et que les idées et
les passions de la jeunesse doivent se conti-
nuer dans la maturité du talent, non pas châ-
tiées et refroidies, mais éperonnées et poussées avec plus de fougue et de fureur encore :
tels ces génies qui vieillissent en devenant
plus sauvages, plus ardents, plus altiers, plus
féroces, exagérant toujours leur propre caractère, comme Rembrandt, comme Michel-Ange,
comme Beethoven.

XLVII

FRÉDÉRICK LEMAITRE

14 janvier 1855.

Depuis bien des années, pour notre part,
nous n'avons jamais manqué une des créations
de Frédérick Lemaître, et nous le connaissons
dans tous ses aspects : c'est toujours un noble
et beau spectacle que de voir ce grand acteur, le
seul qui chez nous rappelle Garrick, Kemble,
Macready, et surtout Kean, faire trembler de
son vaste souffle shakespearien les frêles por-
tants des coulisses des scènes du boulevard.

Qu'importe le tréteau à l'inspiration ! Frédérick n'a-t-il pas fait s'entasser tout ce que Paris
avait de plus aristocratique et de plus élégant

dans ce bouge étroit des Folies-Dramatiques,
où Robert Macaire se réveillait le lendemain de
l'exécution, éclairé et rajeuni par la guillotine,
dédaigneux désormais de faire « suer le chêne
sur le trimar » comme un vulgaire escarpe, et
comprenant que M. Gogo était une moins com-
promettante victime que ce bon M. Germeuil
à la culotte beurre frais? On aurait été l'entendre sous les toiles d'une baraque foraine,
devant une rangée de chandelles non mouchées,
entre quatre lampions fumeux.

Il est singulier qu'un acteur de ce génie n'ait
pas tout d'abord fait partie de la Comédie-Française. — Balzac, il est vrai, n'était pas de l'Académie. — Ces talents excessifs effrayent toujours
un peu les corps constitués. — Cela a nui à la
Comédie-Française, non à Frédérick, que les
poètes et les habiles ont accompagné dans sa
carrière nomade. A la Porte-Saint-Martin, il a
trouvé *Richard d'Arlington*, *Gennaro*, *Don César
de Bazan*; à la Renaissance, *Ruy Blas*; aux Va-
riétés, *Kean*; à la Gaîté, *Paillasse*; sans compter
cent drames qu'il a fait vivre de sa vie puissante et qui semblaient des chefs-d'œuvre lorsqu'il les jouait.

Frédérick a ce privilège d'être terrible ou
comique, élégant et trivial, féroce et tendre,

de pouvoir descendre jusqu'à la farce et monter jusqu'à la poésie la plus sublime, comme tous les acteurs complets; ainsi il peut lancer l'imprécation de Ruy Blas dans le conseil des ministres et débiter le pallas de paillasse sur une place de village. Richard d'Arlington, il jette sa femme par la fenêtre avec la même aisance qu'il cuisine la soupe au choux du saltimbanque et porte son fils en équilibre sur le bout de son nez. Il dit : « En avant la musique » aussi bien que

Je le tiens écumant sous mon talon de fer.
ou
Je crois que vous venez d'insulter votre reine.

Dans Robert Macaire, ce Méphistophélès du bagne, bien plus spirituel que l'autre, il a élevé le sarcasme à la trentième puissance et trouvé des inflexions de voix inouïes et des gestes d'une éloquence incroyable.

Il a été plus beau que jamais dans Paillasse.

23

XLVIII

MADEMOISELLE JULIETTE

/.

29 octobre 1857.

La disette de beautés est si grande parmi les
femmes de théâtre, qui devraient être un choix
entre les plus charmantes, que nous sommes
obligés d'aller chercher loin de la scène, dans le
demi-jour de la vie privée, une blanche et
svelte figure dont les rares apparitions ont
laissé un vif souvenir à tous les gens qui s'in-
quiètent encore en ce siècle de la grâce, de la
finesse et de l'élégance, et qui lisent de ravissants et d'harmonieux poèmes dans une in-
flexion de ligne, dans un geste, dans une œil-
lade, dans une certaine manière de retirer ou

d'avancer le pied ; choses, après tout, bien plus
sérieuses et plus importantes que les niaiseries prétentieuses dont s'occupent les hommes
graves.

C'est dans le petit rôle de la princesse
Negroni de *Lucrèce Borgia* que mademoiselle
Juliette a jeté le plus vif rayonnement. Elle
avait deux mots à dire et ne faisait en quelque
sorte que traverser la scène. Avec si peu de
temps et si peu de paroles elle a trouvé le
moyen de créer une ravissante figure, une vraie
princesse italienne, au sourire gracieux et mortel, aux yeux pleins d'enivrements perfides ;
visage rose et frais qui vient de déposer tout à
l'heure le masque de verre de l'empoisonneuse,
si charmante, d'ailleurs, qu'on oublie de plaindre
les infortunés convives, et qu'on les trouve
heureux de mourir après lui avoir baisé la
main.

Son costume était d'un caractère et d'un goût
ravissants : une robe de damas rose à ramages
d'argent, des plumes et des perles dans les cheveux ; tout cela d'un tour capricieux et romanesque comme un dessin de Tempeste ou de
della Bella. On aurait dit une couleuvre debout
sur sa queue, tant elle avait une démarche
onduleuse, souple et serpentine. A travers

toutes ses grâces, comme elle savait jeter
quelque chose de venimeux! Avec quelle pres-
tesse inquiétante et railleuse elle se dérobait
aux adorations prosternées des beaux seigneurs
vénitiens!

Nous avons rarement vu un type dessiné
d'une manière si nette et si franche ; et quoique
mademoiselle Juliette ait une plus grande réputation comme jolie femme que comme actrice,
nous ne savons pas trop quelle comédienne
aurait découpé aussi rapidement une silhouette
étincelante sur le fond sombre de l'action.

La tête de mademoiselle Juliette est d'une
beauté régulière et délicate qui la rend plus
propre au sourire de la comédie qu'aux con-
vulsions du drame ; le nez est pur, d'une coupe
nette et bien profilée; les yeux sont diamantés
et limpides, peut-être un peu trop rapprochés,
défaut qui vient de la trop grande finesse des
attaches du nez ; la bouche, d'un incarnat
humide et vivace, reste fort petite même dans
les éclats de la plus folle gaieté. Tous ces traits,
charmants en eux-mêmes, sont entourés par un
ovale, du contour le plus suave et le plus harmonieux ; un front clair et serein comme le
fronton de marbre blanc d'un temple grec
couronne lumineusement cette délicieuse figure;

des cheveux noirs abondants, d'un reflet admirable, en font ressortir merveilleusement, par la vigueur du contraste, l'éclat diaphane et lustré.

Le col, les épaules, les bras sont d'une perfection tout antique chez mademoiselle Juliette ; elle pourrait inspirer dignement les sculpteurs, et être admise au concours de beauté avec les jeunes Athéniennes qui laissaient tomber leurs voiles devant Praxitèle méditant sa Vénus.

XLIX

LE CHATEAU DU SOUVENIR

FRAGMENTS

. . . .

Dans son cadre, que l'ombre moire,
Au lieu de réfléchir mes traits,
La glace ébauche, de mémoire,
Le plus ancien de mes portraits.

Spectre rétrospectif qùi double
Un type à jamais effacé
Il sort du fond du miroir trouble
Et des ténèbres du passé.

Dans son pourpoint de satin rose,
Qu'un goût hardi coloria,
Il semble chercher une pose,
Pour Boulanger ou Deveria.

Terreur du bourgeois glabre et chauve,
Une chevelure à tous crins
De roi franc ou de roi fauve
Roule en torrents jusqu'à ses reins

Tel, romantique opiniâtre,
Soldat de l'art qui lutte encor,
Il se ruait vers le théâtre
Quand d'Hernani sonnait le cor.

. . . .

Les vaillants de dix-huit cent trente,
Je les revois tels que jadis.
Comme les pirates d'Otrante,
Nous étions cent, nous sommes dix

L'un étale sa barbe rousse
Comme Frédéric dans son roc,
L'autre superbement retrousse
Le bout de sa moustache en croc.

Drapant sa souffrance secrète
Sous les fiertés de son manteau
Petrus fume une cigarette
Qu'il baptise papelito.

Celui-ci me conte ses rêves,
Hélas ! jamais réalisés,
Icare tombé sur les grèves
Où gisent les essors brisés.

Celui-là me confie un drame
Taillé sur le nouveau patron
Qui fait, mêlant tout dans sa trame,
Causer Molière et Calderon.

Tom, qu'un abandon scandalise,
Récite « Love's labours lost »,
Et Fritz explique à Cidalise
Le « Walpurgisnachtstraum » de Faust

. . . .

Le château du Souvenir, *Emaux et Camées.*

L

ÉTUDES SUR LA POÉSIE FRANÇAISE

1868.

Nous nous sommes attaché, dans cette étude, aux figures nouvelles, et nous leur avons donné une place importante, car c'était celles-là qu'il s'agissait avant tout de faire connaître. Mais pendant cet espace de temps, les maîtres n'ont pas gardé le silence. Victer Hugo a fait paraître *les Contemplations, la Légende des siècles, les Chansons des rues et des bois,* trois recueils d'une haute signification, où se retrouvent avec des développements inattendus les anciennes qualités qu'on admirait dans *les Orientales* et *les Feuilles d'automne.* Des *Contemplations* date la

troisième manière de Victor Hugo, car les grands
poètes sont comme les grands peintres : leur
talent a des phases aisément reconnaissables.
La pratique assidue de l'art, les enseignements
multiples de la vie, les modifications du tempérament apportées par l'âge, l'élargissement des
horizons vus de plus haut, tout contribue à
donner aux œuvres, selon l'époque où elles se
sont produites, une physionomie particulière.
Ainsi, le Raphaël du *Sposalizio*, de *la Belle Jar-
dinière*, de *la Vierge au voile* n'est pas le Raphaël des chambres du Vatican et de la *Trans-
figuration*; le Rembrandt de *la Leçon d'anatomie
du docteur Tulp* ne ressemble guère au Rembrandt de *la Ronde de nuit*, et le Dante de la *Vita
nuova* fait à peine soupçonner le Dante de *la
Divine Comédie.*

Chez Hugo, les années, qui courbent, affai-
blissent et rident le génie des autres maîtres,
semblent apporter des forces, des énergies et
des beautés nouvelles. Il vieillit comme les
lions : son front, coupé de plis augustes, secoue
une crinière plus longue, plus épaisse et plus
formidablement échevelée. Ses ongles d'airain
ont poussé, ses yeux jaunes sont comme des
soleils dans des cavernes, et s'il rugit, les autres
animaux se taisent. On peut aussi le comparer

au chêne qui domine la forêt ; son énorme tronc
rugueux pousse en tous sens, avec des coudes
bizarres, des branches grosses comme des
arbres ; ses racines profondes boivent la sève au
cœur de la terre, sa tête touche presque au ciel.
Dans son vaste feuillage, la nuit brillent les
étoiles, le matin chantent les nids. Il brave
le soleil et les frimas, le vent, la pluie et le ton-
nerre ; les cicatrices même de la foudre ne font
qu'ajouter à sa beauté quelque chose de farouche
et de superbe.

Dans *les Contemplations*, la partie qui s'appelle
Autrefois est lumineuse comme l'aurore ; celle
qui a pour titre *Aujourd'hui* est colorée comme
le soir. Tandis que le bord de l'horizon s'illu-
mine incendié d'or, de topaze et de pourpre,
l'ombre froide et violette s'entasse dans les coins ;
il se mêle à l'œuvre une plus forte proportion de
ténèbres, et, à travers cette obscurité, les rayons
éblouissent comme des éclairs. Des noirs plus
intenses font valoir les lumières ménagées, et
chaque point brillant prend le flamboiement
sinistre d'un microcosme cabalistique. L'âme
triste du poète cherche les mots sombres, mystérieux et profonds, et elle semble écouter dans
l'attitude du *Pensiero* de Michel-Ange « ce que
dit la bouche d'ombre ».

On a beaucoup plaint la France de manquer
de poème épique. En effet, la Grèce a *l'Iliade* et
l'Odyssée; l'Italie antique, *l'Énéide*; l'Italie moderne, *la Divine Comédie*, le *Roland Furieux*, *la
Jérusalem délivrée;* l'Espagne, le *Romancero* et
l'*Araucana*; le Portugal, *les Lusiades;* l'Angle-
terre, *le Paradis perdu*. A tout cela, nous ne
pouvions opposer que *la Henriade*, un assez
maigre régal puisque les poèmes du cycle carlovingien sont écrits dans une langue que seuls
les érudits entendent. Mais maintenant, si nous
n'avons pas encore le poème épique régulier en
douze ou vingt-quatre chants, Victor Hugo nous
en a donné la monnaie dans *la Légende des
siècles*, monnaie frappée à l'effigie de toutes les
époques et de toutes les civilisations, sur des
médailles d'or du plus pur titre. Ces deux volumes contiennent, en effet, une douzaine de
poèmes épiques, mais concentrés, rapides, et
réunissant en un bref espace le dessin, la couleur
et le caractère d'un siècle ou d'un pays.

Quand on lit *la Légende des siècles*, il semble
qu'on parcoure un immense cloître, une espèce
de *campo santo* de la poésie dont les murailles
sont revêtues de fresques peintes par un prodigieux artiste qui possède tous les styles, et,
selon le sujet, passe de la roideur presque·byzan-

tine d'Orcagna à l'audace titanique de Michel-
Ange, sachant aussi bien faire les chevaliers
dans leurs armures anguleuses que les géants
nus tordant leurs muscles invincibles. Chaque
tableau donne la sensation vivante, profonde
et colorée d'une époque disparue. La légende,
c'est l'histoire vue à travers l'imagination populaire avec ses mille détails naïfs et pittoresques,
ses familiarités charmantes, ses portraits de
fantaisie plus vrais que les portraits réels,
ses grossissements de types, ses exagérations
héroïques et sa poésie fabuleuse remplaçant la
science, souvent conjecturale.

La Légende des siècles, dans l'idée de l'auteur,
n'est que le carton partiel d'une fresque colossale
que le poète achèvera si le soufffe inconnu ne
vient pas éteindre sa lampe au plus fort de son
travail, car personne ici-bas n'est sûr de finir
ce qu'il commence. Le sujet est l'homme, ou
plutôt l'humanité, traversant les divers milieux
que lui font les barbaries ou les civilisations
relatives, et marchant toujours de l'ombre vers
la lumière. Cette idée n'est pas exprimée d'une
façon philosophique et déclamatoire, mais elle
ressort du fond même des choses. Bien que
l'œuvre ne soit pas menée à bout, elle est cependant complète. Chaque siècle est représenté par

un tableau important et qui le caractérise, et
ce tableau est en lui-même d'une perfection
absolue. Le poëme fragmentaire va d'abord
d'Ève à Jésus-Christ, faisant revivre le monde
biblique en scènes d'une haute sublimité et
d'une couleur que nul peintre n'a égalée. Il
suffit de citer *la Conscience*, *les Lions*, *le Sommeil
de Booz*, pages d'une beauté, d'une largeur et
d'un grandiose incomparables, écrites avec
l'inspiration et le style des prophètes. *La décadence de Rome* semble un chapitre de Tacite
versifié par Juvénal. Tout à l'heure, le poëte
s'était assimilé la Bible ; maintenant, pour peindre Mahomet, il s'imprègne du Coran à ce point
qu'on le prendrait pour un fils de l'Islam, pour
Abou-Bekr ou pour Ali. Dans ce qu'il appelle
le cycle héroïque chrétien, Victor Hugo a
résumé en trois ou quatre courts poëmes, tels
que *le Mariage de Roland*, *Aymerillot*, *Bivar*,
le Jour des Rois, les vastes épopées du cycle
carlovingien. Cela est grand comme Homère
et naïf comme la Bibliothèque bleue. Dans
Aymerillot, la figure légendaire de Charlemagne
à la barbe florie se dessine avec sa bonhomie
héroïque, au milieu de ses douze pairs de France,
d'un trait net comme les effigies creusées dans
les pierres tombales, et d'une couleur éclatante

comme celle des vitraux. Toute la familiarité hautaine et féodale du *Romancero* revit dans la pièce intitulée *Bivar*.

Aux héros demi-fabuleux de l'histoire succèdent les héros d'invention, comme aux épopées succèdent les romans de chevalerie. Les chevaliers errants commencent leur ronde, cherchant les aventures et redressant les torts, justiciers masqués, spectres de fer mystérieux, également redoutables aux tyrans et aux magiciens. Leur lance perce tous les monstres imaginaires ou réels, les andriagues et les traîtres. Barons en Europe, ils sont rois en Asie de quelque ville étrange, aux coupoles d'or, aux crénaux découpés en scie; ils reviennent toujours de quelque lointain voyage, et leurs armures sont rayées par les griffes des lions qu'ils ont étouffés entre leurs bras. Eviradnus, auquel l'auteur a consacré tout un poëme, est la plus admirable personnification de la chevalerie errante et donnerait raison à la folie de Don Quichotte, tant il est grand, courageux, bon et toujours prêt à défendre le faible contre le fort. Rien n'est plus dramatique que la manière dont il sauve Mahaud des embûches du grand Joss et du petit Zéno. Dans la peinture du manoir de Corbus, à demi-ruiné et attaqué par les rafales et les pluies d'hiver, le poète atteint à des effets de symphonie dont on pouvait croire la parole incapable. Le vers murmure, s'enfle, gronde, rugit comme l'orchestre de Beethoven. On entend à travers les rimes siffler le vent, tinter la pluie, claquer la broussaille au front des tours, tomber la pierre au fond du fossé, et mugir sourdement la forêt ténébreuse qui embrasse le vieux château pour l'étouffer. A ces bruits de la tempête se mêlent les soupirs des esprits et des fantômes, les vagues lamentations des choses, l'effarement de la solitude et le bâillement d'ennui de l'abandon. C'est le plus beau morceau de musique qu'on ait exécuté sur la lyre.

La description de cette salle où, suivant la coutume de Lusace, la marquise Mahaud doit passer sa nuit d'investiture, n'est pas moins prodigieuse. Ces armures d'ancêtres chevauchant sur deux files, leurs destriers caparaçonnés de fer, la targe aux bras, la lance appuyée sur le faulcre, coiffées de morions extravagants, et se trahissant dans la pénombre de la galerie par quelque sinistre éclair d'or, d'acier ou d'airain, ont un aspect héraldique, spectral et formidable. L'œil visionnaire du poëte sait dégager le fantôme de l'objet, et mêler le chi-

mérique au réel dans une proportion qui est
la poésie même.

Zim-Zizimi et le sultan Mourad nous montrent
l'Orient du moyen âge avec ses splendeurs
fabuleuses, ses rayonnements d'or et ses phos-
phorescences d'escarboucles sur un fond de
meurtre et d'incendie, au milieu de populations
bizarres venues de lieux dont la géographie
sait à peine les noms. L'entretien de Zim-Zizimi
avec les dix sphinx de marbre blanc couronnés
de roses est d'une sublime poésie; l'ennui royal
interroge, et le néant de toutes choses répond
avec une monotonie-desespérante par quelque
histoire funèbre.

Le début de *Ratbert* est peut-être le morceau
le plus étonnant et le plus splendide du livre.
Victor Hugo seul, parmi tous les poëtes, était
capable de l'écrire. Ratbert a convoqué sur la
place d'Ancône, pour débattre quelque expédi-
tion, les plus illustres de ses barons et de ses
chevaliers, la fleur de cet arbre héraldique et
généalogique que le sol noir de l'Italie nourrit
de sa sève empoisonnée. Chacun apparaît fière-
ment campé, dessiné d'un seul trait du cimier
au talon, avec son blason, son titre, ses alliances,
son détail caractéristique résumé en un hémistiche, en une épithète. Leurs noms, d'une étran-

geté superbe, se posant carrément dans le vers,
font sonner leurs triomphantes syllabes comme
des fanfares de clairon, et passent dans ce magnifique défilé avec des bruits d'armes et d'éperons.

Personne n'a la science des noms comme
Victor Hugo. Il en trouve toujours d'étranges,
de sonores, de caractéristiques, qui donnent
une physionomie au personnage et se gravent
ineffaçablement dans la mémoire. Quel exemple
frappant de cette faculté que la chanson des
Aventuriers de la mer! Les rimes se renvoient,
comme des raquettes un volant, les noms bizarres de ces forbans, écume de la mer, échappés de chiourme venant de tous les pays, et il
suffit d'un nom pour dessiner de pied en cap un
de ces coquins pittoresques, campés comme des
esquisses de Salvator Rosa ou des eaux-fortes
de Callot.

Quel étonnant poème que le morceau destiné
à caractériser la Renaissance et intitulé *le Satyre!*
C'est une immense symphonie panthéiste, où
toutes les cordes de la lyre résonnent sous une
main souveraine. Peu à peu le pauvre sylvain
bestial, qu'Hercule a emporté dans le ciel par
l'oreille et qu'on a forcé de chanter, se trans-
figure à travers les rayonnements de l'inspiration
et prend des proportions si colossales, qu'il

épouvante les Olympiens ; car ce satyre difforme,
dieu à demi dégagé de la matière, n'est autre
que Pan, le grand tout, dont les aïeux ne sont
que des personnifications partielles et qui les
résorbera dans son vaste sein.

Et ce tableau qui semble peint avec la palette
de Vélasquez, *la Rose de l'infante* ! Quel profond
sentiment de la vie de cour et de l'étiquette
espagnoles ! comme on la voit cette petite princesse, avec sa gravité. d'enfant, sachant déjà
qu'elle sera reine, roide dans sa jupe d'argent
passementée de jais, regardant le vent qui
enlève feuille à feuille les pétales de sa rose et
les disperse sur le miroir sombre d'une pièce
d'eau, tandis que le front contre une vitre,
à une fenêtre du palais, rêve le fantôme pâle
de Philippe II, songeant à son Armada lointaine, peut-être en proie à la tempête et détruite
par ce vent qui effeuille une rose.

Le volume se termine, comme une Bible, par
une sorte d'apocalypse. *Pleine mer*, *Plein ciel*, *la
Trompette du jugement dernier*, sont en dehors
du temps. L'avenir y est entrevu au fond d'une
de ces perspectives flamboyantes que le génie des
poètes sait ouvrir dans l'inconnu, espèce de
tunnel plein de ténèbres à son commencement
et laissant apercevoir à son extrémité une scin-

tillante étoile de lumière. La trompette du jugement dernier, attendant la consommation des
choses et couvant dans son monstrueux cratère
d'airain le cri formidable qui doit réveiller les
morts de toutes les Josaphats, est une des plus
prodigieuses inventions de l'esprit humain. On
dirait que cela a été écrit à Pathmos, avec un
aigle pour pupitre et dans le vertige d'une hallu-
cination prophétique. Jamais l'inexprimable et
ce qui n'avait jamais été pensé n'ont été réduits
aux formules du langage articulé, comme dit
Homère, d'une façon plus hautaine et plus
superbe. Il semble que le poète, dans cette région
où il n'y a plus ni contour ni couleur, ni ombre
ni lumière, ni temps ni limite, ait entendu et
noté le chuchotement mystérieux de l'infini.

Les Chansons des rues et des bois, comme le
titre l'indique, marquent dans la carrière du
poëte une espèce de temps de repos et comme
les vacances du génie. Il conduit au pré vert de
l'idylle, pour y brouter l'herbe fraîche et les
fleurs, ce cheval farouche près duquel le Pégase
classique n'est qu'un bidet de paisible allure, et
que seuls peuvent monter les Alexandres de la
poésie. Mais ce coursier formidable, à la crinière
échevelée, aux nasaux pleins de flamme, dont
les sabots font jaillir des étoiles pour étincelles

et qui saute d'une cime à l'autre de l'idéal à
travers les ouragans et les tonnerres, se résigne
difficilement à cette halte, et l'on sent que, s'il
n'était entravé, il regagnerait en deux coups
d'aile les sommets vertigineux et les abîmes
insondables. Pendant que sa terrible monture est
au vert, le poète s'égaye en toutes sortes de
fantaisies charmantes. Il remonte le cours du
temps, il redevient jeune. Ce n'est plus le
maître souverain que les générations admirent,
mais un simple bachelier qui, ennuyé de sa
chambrette encombrée de bouquins poudreux,
court les rues et les bois, poursuivant les gri-
settes et les papillons. Il ne fait le difficile ni
pour le site, ni pour la nymphe. Pour lui Meu-
don est Tivoli, et Javotte Amaryllis. Les lavan-
dières remplacent très bien Léda dans les
roseaux, et les oies prennent des blancheurs de
cygne. Le petit vin d'Argentueil a des saveurs
de nectar dans le verre à côtes du cabaret.
L'imagination du poète transforme tout et sait
mettre sur le ventre d'une cruche vulgaire la
paillette lumineuse de l'idéal.

Dans ce volume, Victor Hugo a renoncé à
l'alexandrin et à ses pompes et n'emploie que
les vers de sept ou de huit pieds séparés en
petites stances; mais quel merveilleux doigté!

Jamais le clavier poétique n'a été parcouru par une main plus légère et plus puissante. Les tours de force rythmiques se succèdent accomplis avec une grâce et une aisance incomparables. Listz, Thalberg, Dreyschok ne sont rien à côté de cela. A la fin du volume, le poète enfourche sa monture impatiente, lui donne de l'éperon et s'enfonce dans l'infini.

XLI

A l'occasion de la reprise de Lucrèce Borgia, *Théophile Gautier reçut de Victor Hugo la lettre suivante :*

Hauteville-House, 9 février 1870.

« Mon Théophile, comment vous dire mon émotion? Je vous lis, et il me semble que je vous vois. Nous revoilà jeunes comme autrefois, et votre main n'a pas quitté ma main. Quelle grande page vous venez d'écrire sur Lucrèce Borgia!

« Je vous aime bien. Vous êtes toujours le grand poète et le grand ami.

« Victor Hugo.

« Voici mon portrait : il vote pour vous. »

Cette lettre était accompagnée d'une photographie du maître, le bras appuyé contre un fauteuil, avec cette dédicace :

JE VOUS OFFRE UN FAUTEUIL

A THÉOPHILE GAUTIER

VICTOR HUGO.

2 FÉVRIER 1833, 2 FÉVRIER 1870.

Théophile Gautier avait échoué à l'Académie Française, en 1869, quelques mois auparavant, lors de l'élection d'Auguste Barbier.

Les deux dates que porte cette photographie sont de la première représentation et de la reprise de Lucrèce Borgia.

NOTE. Page 50 :

Ce chapitre, inachevé, est le dernier qu'ait écrit Théophile Gautier.

TABLE

Pages.

   I. — 1830   1

  II. — Le gilet rouge 10

 III. — La présentation 21

 IV. — Un buste de Victor Hugo. 27

  V. — La place Royale 31

 VI. — La première d'*Hernani*. 33

VII. — Procès de Victor Hugo contre la Comédie-
Française. 51

VIII. — Reprise d'*Hernani* par autorité de justice . 54

 IX. — Débuts de Mlle Émilie Guyon dans *Hernani*. 61

  X. — Reprise d'*Hernani* (12 février 1844) 66

 XI. — Reprise d'*Hernani* (10 mars 1845) 69

 XII. — Reprise d'*Hernani* (8 novembre 1847) . . . 74

XIII. — À propos d'*Hernani* au théâtre Italien. . . 77

XIV. — La reprise d'*Hernani* (21 juin 1867) 79

 XV. — Lettre à Sainte-Beuve 89

XVI. — Prospectus pour *Notre-Dame de Paris*. . . 91

XVII. — Un drame tiré de *Notre-Dame de Paris* . . 95

XVIII. — *Angelo*. 98

XIX. — Mademoiselle Rachel dans *Angelo*. 112

 XX. — Victor Hugo dessinateur. 123

XXI. — Première de *Ruy Blas* (Renaissance) . . . 126

XXII. — Reprise de *Ruy Blas* (28 février 1872) . . . 130

XXIII. — Vers de Victor Hugo 142

XXIV. — Le Drame 145

Pages.

XXV. — Reprise de *Marion Delorme* (9 novembre 1839) 147

XXVI. — Reprise de *Marion Delorme* (1er décembre 1851) 149

XXVII. — *Diane*, d'Augier, et *Marion Delorme*. . . . 151

XXVIII. — Une lettre de Victor Hugo. 155

XXIX. — *Gastibelza* (Opéra national) 156

XXX. — Changements à vue. 163

XXXI. — *Lucrezia Borgia* (Théâtre Italien) 165

XXXII. — *Lucrèce Borgia* (Odéon). 167

XXXIII. — *Lucrezia Borgia* (Théâtre Italien) 169

XXXIV. — *Lucrèce Borgia* (Porte-Saint-Martin) 172

XXXV. — *Les Burgraves* 182

XXXVI. — *Les Burgraves* (Théâtre-Français) 184

XXXVII. — Reprise des *Burgraves* 212

XXXVIII. — Parodies des *Burgraves*. 214

XXXIX. — Parodies et pastiches. 217

XL. — Vente du mobilier de Victor Hugo 219

XLI. — A propos du mélodrame intitulé : *la Chambre ardente*. 228

LES INTERPRÈTES DE VICTOR HUGO.

XLII. — Mademoiselle Georges. 230

[XLIII. — Mort de mademoiselle Georges 234

XLIV. — Mademoiselle Rachel. 241

XLV. — Madame Dorval. 249

XLVI. — Mort de Madame Dorval 255

XLVII. — Frédérick Lemaitre. 263

XLVIII. — Mademoiselle Juliette. 266

XLIX. — Château du souvenir 270

L. — Etudes sur la Poésie française. 273

LI. — Lettre de Victor Hugo 287

Paris. — L. MARETHEUX, imprimeur, 1, rue Cassette.